Frank Stumpf gewidmet!

SAGE VON FRIESACK

Der Teufel hat einmal Musterung auf der Erde gehalten und alle die Edelleute, die nicht mehr gut tun wollten, in einen großen Sack gesteckt, den auf den Rücken getan und ist lustig damit zur Hölle geflogen. Wie er nun über der Stadt Friesack ist, so streift der Sack etwas hart an der Spitze des Kirchturms, sodass ein Loch hineinreißt und eine ganze Gesellschaft von Edelleuten, wohl ein Viertheil der Bewohner des Sacks, ohne daß der Teufel es gemerkt hätte, herausfallen. Das sind aber die Herren von Bredow gewesen, die nun nicht wenig froh waren, den Krallen des Teufels für diesmal entkommen zu sein. Zum Andenken nannten sie nun die Stadt, wo der Sack das Loch bekommen und sie befreit hatte, Frie-Sack, und von hier haben sie sich dann über das ganze Havelland verbreitet, wo bekanntlich eine große Menge von Rittergütern in ihrem Besitz sind. Die Namen derselben haben sie ihnen ebenfalls gegeben, und zwar meist nach der Richtung des Weges, den sie nahmen; der älteste der Brüder nämlich, der in Friesack blieb, sagte zum zweiten: »geh besser hin«, da nannte der den Ort, wo er sich niederließ, Beßhin, woraus nachher Pessin wurde; ein dritter ging von Friesack, das am Rande des mächtigen havelländischen Luchs liegt, Land einwärts, darum nannte er seine Ansiedlung »Land in« oder Landin; ein vierter ging denselben Weg entlang wie der zweite, und baute Selbelang; ein fünfter ging von dort aus rechts und baute Retzow, ein sechster endlich nannte sein Dorf nach seinen eigenen Namen Bredow.

SAGE VON RITTER KAHLBUTZ

Ritter Kahlbutz hatte sich in Diensten des Kurfürsten Friedrich-Wilhelm von Brandenburg im Krieg gegen die Schweden besonders hervorgetan und wurde daher mit dem Gute Kampehl bei Neustadt (Dosse) erbbelehnt. Er heiratete eine Frau aus dem alteingesessenen märkischen Adelsgeschlecht von Rohr und hatte mit ihr mehrere Kinder. Als Gutsherr soll der Ritter sehr gern und oft das „Recht der ersten Nacht" ausgeübt haben. Im Jahre 1690 wurde er von Maria Leppin, einer Dienstmagd, des Mordes an ihrem Verlobten, dem Schäfer Pickert aus dem Nachbarort Bückwitz, bezichtigt. Kahlbutz, so die Begründung, habe den Schäfer aus Rache erschlagen, weil die Magd sich dem Ritter versagt hatte.

Es kam zum Gerichtsprozess; Zeugen für die angebliche Mordtat gab es nicht, jedoch musste Ritter Kahlbutz den Reinigungs-Eid schwören, um freigesprochen zu werden. Vor Gericht soll er gesagt haben: „Wenn ich doch der Mörder bin gewesen, dann wolle Gott, soll mein Leichnam nie verwesen." Im Jahre 1794 wollte man die Gruft neben der Kampehler Kirche abreißen und die darin vorhandenen drei Särge erdbestatten. Zwei Leichen waren vollständig verwest, die des

Ritters Kahlbutz jedoch nicht. Selbst renommierte Mediziner wie Stauch, Sauerbruch oder Virchow konnten jemals die Mumifizierung erklären.

Und so bleibt am Ende nur das Staunen über ein biologisches Rätsel und dem Grusel desnachtens an der Brücke über die Schwenze (dem Schauplatz der Mordtat), wo der Ritter noch heute spukt und wo in lauen Nächten der Wind den Hufschlag seines Pferdes über die Wiesen ins Dörflein trägt.

DIE BRANDFICHTE

Wenn man von Freienwalde aus die Berliner Chaussee emporwandert, trifft man nach etwa einer halben Stunde in der Nähe der Försterei Bodenseichen am linken Straßenrand auf eine hohe Kiefer, an der sich ein unscheinbarer Stein befindet (früher Tafel). Brandfichte steht auf Ihm, und das bedeutet, dass an dieser Stelle im Jahre 1628 eine Hexe aus der Stadt Freienwalde verbrannt worden ist. Sie hieß Anna Liebenwaldt und wurde beschuldigt, sie habe ihren verstorbenen Mann vergiftet. weit außerhalb der Stadt, wo heute die Brandfichte steht, wurde das Urteil vollstreckt. Als Anna Liebenwaldt auf dem brennenden Holzstoß stand, rief sie mit fester Stimme der umstehenden Menge zu:
"So wahr ich unschuldig sterbe, wird aus der Asche dieses Scheiterhaufens eine Fichte hervorkeimen und zu einem mächtigen Baum werden!"

Die Weissagung ging in Erfüllung. Im nächsten Frühjahr keimte an der Stelle, wo die Asche gelegen, ein grünes Spitzchen hervor. Mit Macht wuchs das Bäumchen, überholte bald alle Nachbarn und wurde ein starker hochgipfliger Baum, der im Volksmund den Namen "Die Brandfichte" erhielt.

Es entstand der Brauch, daß jeder Vorübergehende, der die Geschichte und die Stelle kannte, ein dürres Zweiglein hinwarf zum Andenken an die unschuldig Verbrannte.

Wohl ging die Fichte im Laufe der Zeit ein; aber wie die Sage, so blieb auch ihr Name erhalten und wurde stets auf die nächststehende hohe Kiefer übertragen.

DER SCHMIED ZU JÜTERBOG

Zu Jüterbog lebte einmal ein Schmied, der war ein sehr frommer Mann und trug einen schwarzen und weißen Rock; zu ihm kam eines Abends noch ganz spät ein Mann, der gar heilig aussah, und bat ihn um eine Herberge; nun war der Schmied immer freundlich und liebreich zu jedermann, nahm daher den Fremden auch gern und willig auf und bewirtete ihn nach Kräften. Andern Morgens, als der Gast von dannen ziehen wollte, dankte er seinem Wirt herzlich und sagte ihm, er solle drei Bitten tun, die wolle er ihm gewähren. Da bat der Schmied erstlich, daß sein Stuhl hinter dem Ofen, auf dem er abends nach der Arbeit auszuruhen pflegte, die Kraft bekäme, jeden ungebetenen Gast so lange auf sich festzuhalten, bis ihn der Schmied selbst loslasse; zweitens, daß sein Apfelbaum im Garten die Hinaufsteigenden gleicherweise nicht herablasse; drittens, daß aus seinem Kohlensack keiner herauskäme, den er nicht selbst befreite. Diese drei Bitten gewährte auch der fremde Mann und ging darauf von dannen. Nicht lange währte das nun, so kam der Tod, wollte den Schmied holen. Der aber bat ihn, er möge doch, da er sicher von der Reise zu ihm ermüdet sei, sich noch ein wenig auf seinem Stuhl erholen. Da setzte sich denn der Tod auch nieder, und als er nachher wieder aufstehen wollte, saß er fest. Nun bat er den Schmied, er möge ihn doch wieder befreien, allein der wollte es zuerst nicht gewähren; nachher verstand er sich dazu unter der Bedingung, daß er ihm noch zehn Jahre schenke. Das war der Tod gern zufrieden, der Schmied löste ihn, und nun ging er davon. Wie nun die zehn Jahre um waren, kam der Tod wieder, da sagte ihm der Schmied, er solle doch erst auf den Apfelbaum im Garten steigen, einige Äpfel herunterzuholen, sie würden ihnen wohl auf der weiten Reise schmecken. Das tat der Tod, und nun saß er wieder fest. Jetzt rief der Schmied seine Gesellen herbei, die mußten mit schweren eisernen Stangen gewaltig auf den Tod losschlagen, daß er ach und wehe schrie und den Schmied flehentlich bat, er möge ihn doch nur freilassen, er wolle ja gern nie wieder zu ihm kommen. Wie nun der Schmied hörte, daß der

Tod ihn ewig leben lassen wolle, hieß er die Gesellen einhalten und entließ jenen vom Baum. Der zog glieder- und lendenlahm davon und konnte nur mit Mühe vorwärts. Da begegnete ihm unterwegs der Teufel, dem er sogleich sein Herzeleid klagte. Aber der lachte ihn nur aus, daß er so dumm gewesen, sich von dem Schmied täuschen zu lassen und meinte, er wolle schon bald mit ihm fertig werden. Darauf ging er in die Stadt und bat den Schmied um ein Nachtlager; nun war's aber schon spät in der Nacht und der Schmied verweigerte es ihm, sagte wenigstens, er könne die Haustür nicht mehr öffnen, wenn er jedoch zum Schlüsselloch hineinfahren wolle, so möge er nur kommen. Das war nun dem Teufel ein leichtes und sogleich huschte er durch, der Schmied war aber klüger als er, hielt innen seinen Kohlensack vor, und wie nun der Teufel darin saß, band er ihn schnell wieder zu, warf den Sack auf den Amboß und ließ seine Gesellen wacker drauflosschmieden. Da flehte der Teufel zwar gar jämmerlich und erbärmlich, sie möchten doch aufhören, aber sie ließen nicht eher nach, bis ihnen die Arme von dem Hämmern müde waren und der Schmied ihnen befahl aufzuhören. So war des Teufels Keckheit und Vorwitz gestraft, und der Schmied ließ ihn nun frei, doch mußte er zu demselben Loch wieder hinaus, wo er hineingeschlüpft war und wird wohl kein Verlangen mehr nach einem zweiten Besuch beim Schmied getragen haben.

DIE ERBAUUNG DES KLOSTERS LEHNIN

Der Markgraf Otto I. von Brandenburg jagte einst in Gesellschaft seiner Edelleute in der Gegend, wo jetzt das Kloster Lehnin steht. Von der Jagd ermüdet, legte er sich unter eine Eiche, um auszuruhen. Hier schlief er ein und träumte, daß ein Hirsch auf ihn eindrang und mit dem Geweih ihn aufspießen wollte; er wehrte sich tapfer mit seinem Jagdspieß gegen diesen Feind, konnte ihm aber nichts anhaben, vielmehr drang der Hirsch immer hitziger gegen ihn an. In dieser Gefahr rief der Markgraf Gott um Beistand an, und kaum war das geschehen, da verschwand der Hirsch, und er erwachte. Er erzählte hierauf seinen Begleitern diesen Traum, und da er schon längst den Vorsatz gefaßt hatte, aus Dankbarkeit gegen die Vorsehung, die ihn bisher in Gefahren gnädig beschützt hatte, und um sich der göttlichen Gnade noch mehr zu versichern, ein Kloster zu stiften, auch seine Begleiter den Traum so auslegten, daß sie meinten, der Hirsch, der erst bei Anrufung des göttlichen Namens von ihm gewichen, sei niemand als der Teufel selber gewesen, rief er aus: "An diesem Orte will ich eine Feste bauen, aus welcher die höllischen Feinde durch die Stimmen heiliger Männer vertrieben werden sollen, und in welcher ich den Jüngsten Tag ruhig erwarten will!" Darauf legte er auch sogleich Hand ans Werk, ließ aus dem Kloster Sittchenbach (oder Sevekenbecke) im Mansfeldischen Zisterzienser-Mönche kommen und baute das Kloster, das er wegen der noch dem Christentum sehr abgeneigten slavischen

Umwohner mit Befestigungen versah, von denen noch Spuren vorhanden sind. Weil aber ein Hirsch den Anlaß zur Erbauung des Klosters gegeben hatte, und dieser in der alten slavischen Sprache den Namen Lanie führte, so nannte er es Lehnin. In der Kirche zeigt man noch bis auf den heutigen Tag den Stumpf der Eiche, unter welcher der Markgraf den Traum gehabt, und hat ihn zum ewigen Andenken an den Stufen vor dem Altar eingemauert.

DIE GRÜNDUNG POTSDAMS

Zu der Zeit, als der mächtige Wilzan, der in der festen Burg zu Dragowit wohnte, über die Wilzen an der Spree und Havel herrschte, bedeckte den ganzen Potsdamer Werder ein uralter Eichenwald, durch welchen sich von der Gegend des Heiligen Sees bis zu Havel am Lustgarten und von Glienicke her bis nach der Stadt Werder ein tiefes unzugängliches Bruch zog, über welches im Frühling das Wasser der Havel strömte und den ganzen Werder in drei langgestreckte Inseln teilte. Am meisten bewohnt war die nördlichste von ihnen. Denn in der Gegend von Bornim und Eichow und am Pfingstberg lagen zerstreute Gehöfte, welche zum Distrikt der Wublitz gehörten, über welche auch der Krul oder Unterkönig der Heveler herrschte.
Die kleine Insel an der Havel war wenig breiter als der Teil der Stadt, welcher jetzt wieder durch den Kanal zu einer Insel gemacht wird, und nur

ihr östliches Ende, der Mündung der Rudow gegenüber, war mit einzelnen Fischerhütten besetzt, deren Bewohner zwar weit und breit die Seen und Arme der Havel befuhren, welche damals noch reich an Stören, Lachsen und Welsen waren, selten aber durch die Sümpfe und Wälder drangen, von denen ihr Wohnplatz im Norden umschlossen war.

Wo jetzt die Kirche des Dorfs Alt-Geltow steht, war eine feste Burg des Krul der Heveller erbaut, in welcher er einen Teil des Jahres zu wohnen pflegte, um von hier aus in den großen Wäldern am Schwielowsee, die reich an Uren, Bären und Wölfen waren, zu jagen, oder den wilden Schwan mit dem gelben Schnabel, wenn er auf seinen Frühlings- und Herbstzügen sich auf den weiten einsamen Wasserbecken niederließ, listig zu locken und zu fangen. Ein hoher doppelter Erdwall umgab einen fast runden Raum, aus dem sich ein turmartiges Gebäude, aus rohen Feldsteinen und Baumstämmen dick und unförmlich zusammengesetzt, erhob. Nur eine leichte, schnell einzuziehende Brücke führte über den trockenen Graben zwischen den Wällen, und außer der kleinen, festen Tür waren keine Öffnungen im Turm, welche von der Erde aus zu erreichen gewesen wären. Denn erst in bedeutender Höhe sah man die schmalen, sich nach innen und außen erweiternden Einschnitte angebracht, durch die das Licht in die niedrigen, nur mit Waffen und dem Gehörn des Urs und Geweihen des Hirsches gezierten Räume dringen konnte, und höher hinauf die schwarzen Löcher, aus welchen der Rauch seinen Weg fand, der von dem mächtigen Feuer emporstieg, das fast beständig auf den breiten Steinherden in allen bewohnten Gemächern brannte.

Der Krul war ein wilder, grausamer Mann, besonders seit sein einziger Sohn in einem Kampf mit den Deutschen gefallen war, zu welchem ihn der Ober-Kriwe wider seinen Willen vermocht hatte, als jener eben das fünfundzwanzigste Jahr erreichte. Zum Erben seiner Macht hatte er zwar seinen einzigen Verwandten erwählt und hielt streng darauf, daß diesem gleiche Ehre wie dem Sohn erwiesen wurde. Aber sein Herz blieb dem Jüngling fremd und selten, nur bei feierlichen Opfern und Festmahlen, sah man diesen in seiner Nähe. Je älter der Krul wurde und je weißer sein Haar, desto einsamer lebte er in seiner Halle, und selbst die langen Winterabende verbrachte er allein auf seinem Lager von Tierfellen am knisternden Feuer; ja sogar in demselben Haus war er ungern mit dem jungen Chocus zusammen, der, ein rüstiger Jäger und Fischer, im Kreis seiner muntern Gesellen fröhlich und sorgenlos die Tage verlebte.

Einmal, als Chocus auf der Wolfsjagd gewesen war, fuhr er spätabends im Frühling von Templin in einem Kahn nach Hause zurück. Das Wasser war hoch, und der Wind stürmte aus Westen. Als sie fast den Wentorf erreicht hatten, verlor der Knecht das Ruder, und sie mußten mit ihren Spießen sich fortzubewegen suchen. Der Sturm trieb sie aber zurück; schon wurde es dunkel, und nachdem sie lange hin und her geworfen waren, trieben sie endlich an einer kleinen Insel fest. Hier suchten sie Schutz gegen den Sturm hinter dem Schilf und schliefen ein.

Als der Fürst am Morgen erwachte, gewahrte er nahe bei sich einen Kahn, darin saß eine Fischerin, welche ein Netz ausgeworfen hatte und sang. Das Mädchen aber war so schön, daß er gar nicht wieder von ihm wegsehen konnte. Als die Fischerin jedoch den fremden, reich gekleideten Mann erblickte, war sie sehr erschrocken und stieß mit dem Kahn vom Ufer ab. Chocus ging ihr nach und sprach so schöne Worte, daß sie dem Mädchen zu Herzen gingen; und als er so gar eigen mit den dunklen Augen in ihre schönen blauen Augen blickte, da folgte sie seinen Wünschen, kam ans Land und dachte den ganzen Tag nicht wieder daran, wegzufahren.

Am Abend aber schifften sie alle drei über den Fluß und landeten da, wo jetzt die Heiligegeist-Kirche steht. Der junge Fürst hieb mit seinem Schwert Zweige von den alten Eichen, und sie bauten sich eine Hütte. Dort lebten sie viele Monate in dem schönen grünen Eichenwald, bis Schnee fiel. Da sagte ihr Chocus, wer er sei, und daß sie die Frau des Kruls werden sollte, wenn auch sein Oheim das reichste Königskind für ihn gewählt hätte. Die schöne Fischerin aber war so glücklich, daß sie sich nicht darüber freuen konnte.

Als nun das Moor zugefroren war, ging er über das Eis nach der Burg zu Geltow und gelobte, nach drei Tagen wiederzukommen mit Roß und

Gefolge und sie heimzuführen. Als er jedoch in die Burg kam, war der Krul gestorben. Der Kriwe hatte das Volk versammelt am Opferstein und die Zeichen gedeutet, darauf hatte das Volk des Ober-Kriwen Sohn zum Krul der Heveller gewählt. Der Kriwe aber war bei dem neuen Fürsten in der Burg, und als nun Chocus kam mit seinem Knecht, ließ er ihn in einen tiefen Kerker werfen, ohne Luft und Speise, damit er umkomme. Dieser jedoch öffnete ihm in der zweiten Nacht die Tür, und er floh zu dem Wilzan nach Dragowit. Der nahm ihn freundlich auf und hätte ihn gern in sein Erbe gesetzt, doch fürchtete er den Ober-Kriwen, der großen Einfluß unter dem Volk der Heveller hatte. Chocus aber schämte sich, zu dem Wilzan von der Fischerin zu sprechen, und wenn er trauerte, glaubte der Fürst, es sei um die verlorene Herrschaft.

Am neunten Tag jedoch konnte er es nicht mehr ertragen vor Angst und Sehnsucht, er entdeckte dem Wilzan alles, und dieser und sein Gefolge begleiteten ihn zu der Insel an der Havel.

Als sie aber über den tiefen Schnee nach der Hütte unter den Eichen kamen, fanden sie das schöne weiße Mädchen starr und tot. Von der Stunde an hat der junge Held nie wieder gelacht, sein dunkles Auge erlosch und sein Haupt wurde weiß wie Schnee.

Der Wilzan schenkte ihm die drei Inseln zum Eigentum. Da baute er sich eine Burg auf der Stelle, wo die Hütte stand, und nannte sie Poztupimi, d. h. unter den Eichen. Weil er ein gar guter Herr war, sammelten sich viele Einwohner auf dem Werder, der nach ihm Chocie genannt wurde, und bald entstand ein kleiner Ort um die Burg. Oft erwähnen alte Chroniken den Volkstamm der Chocini und erzählen mancherlei von deren Anhänglichkeit und Liebe zu ihrem Fürsten.

DER LETZTE GROSCHEN

In der Mark Brandenburg kam, als im Lande Teuerung herrschte, ein armer Bauer zu einer Edelfrau und klagte über seine große Not. Er habe eine kranke Frau und viele kleine Kinder und für sie alle nichts zu essen. Die Edelfrau möge ihm doch einen Scheffel Korn vorstrecken. Sie aber schlug die Bitte ab; sie könne nur gegen Bezahlung das Korn geben.

Der Mann ging fort und bettelte und suchte das Geld zu leihen, und er brachte es mit großer Not zusammen. Doch fehlte ihm ein Groschen. Wieder ging er zur Edelfrau und zählte ihr das Geld vor. "Aber da fehlt ja noch ein Groschen!", sagte sie hart. Der arme Mann flehte sie an, aber sie wollte ohne den fehlenden Groschen kein Korn geben.

Weinend ging der Arme fort und endlich gelang es ihm, auch den letzten Groschen zu leihen. Damit ging er nun wieder zur Edelfrau und legte ihn ihr in die Hand. Dabei fiel das Geld hin. Sie bückte sich danach, doch da verwandelte sich das Geldstück in eine große Schlange. Die biss die Frau und sie war nach drei Tagen tot.

DIE SCHLANGEN UND DIE BÜRGERGLOCKE VON BERNAU

Seit alten Zeiten spielen Tiere in Erzählungen und überlieferten Sagen eine große Rolle. Viel Wundersames über allerlei Getier erzählt man sich auch in unserer unmittelbaren Umgebung. So zum Beispiel diese Geschichte: In der näheren Umgebung von Bernau gab es viele Nattern und Schlangen, die immer mehr zu einer großen Plage wurden. Deshalb wurde Beschlossen, alle Einwohner zu einer großen Versammlung zusammenzurufen rund über die Bekämpfung der Natternplage zu beraten.

Nun hatte sich aber in der letzten Zeit die Stadt sehr vergrößert, immer mehr Einwohner waren hinzugekommen. Es war also eine Glocke, zum Zusammenrufen der Bürger notwendig, die Bernau jedoch nicht besaß. Eine Glocke mußte also gegossen werden. Viele Bürger dieser Stadt gaben Gold, Silber, Schmuck und was sie sonst noch besaßen, so daß die Glocke das Ergebnis vieler Spenden von Bernauer Bürgern wurde und der Guß beginnen konnte. Als die Gußmasse kochte, kam noch eine alte Frau und trat an den Tiegel. Sie sagte:"Ich habe zwar nichts an Geldeswert, was ich schenken kann, möchte jedoch etwas geben, was nicht verachtet werden sollte!" Mit diesen Warten holte sie aus ihrer Tasche eine lebendige Schlange und eine Natter und warf beide in den brodelnden Guß.

"Schlangen und Nattern werden verschwinden, soweit der Klang der Glocke reicht. Ohne Schlangen und Nattern wird die Gegend sein."

Die Glocke wurde im Kirchturm aufgehängt. Und siehe da: Nach dem ersten Läuten verschwanden wahrhaftig die Schlangen und Nattern aus der Gegend, soweit der Klang der Bürgerglocke hörbar war.

DIE SPRECHENDEN OCHSEN IN DER HEILIGEN NACHT

In einer Ortschaft in der Umgebung von Falkenberg legte sich einst ein Bauer in der Heiligen Nacht unter den Futterbarren, um zu horchen, wie die Tiere sprechen. Denn während der Nacht des 24.12. ist ihnen diese Gabe verliehen. Da hörte er einen seiner Ochsen zum Nachbarn als reden: „Du, wir bekommen dieses Jahr eine schwere Fuhr. Wir müssen unseren Herrn ins Grab fahren." Den Bauer überlief es siedend heiß, als er dies hörte. Am liebsten wäre er gleich auf und davon, doch hielt er es für klüger, in seinem Verstecke zu warten, bis die Nacht vorüber war.

Im Morgengrauen schlich er sich, so leise als er gekommen war aus dem Stalle. Was jetzt tun? Sterben wollte er um keinen Preis. Er sann deshalb nach, wie er das Wort seines Ochsen unwahr machen könnte. Erst wollte er den Ochsen schlachten, das ließ aber sein Geiz nicht zu, denn die Fleischpreise waren damals gar niedrig. So kam er denn auf den Einfall, seine beiden Ochsen gegen ein Paar andere einzutauschen. Seine Nachbarn wunderten sich über sein Vorhaben, denn die beiden Tiere waren die schönsten im ganzen Ort. Aber der Bauer bestand darauf, ging nach Eberswalde und vertauschte dort auf dem Markte seine beiden Ochsen. Unterdessen war der Sommer wieder ins Land gezogen. Sein Nachbar hatte sich auf den Viehmarkt nach Eberswalde begeben, um dort ein paar Ochsen zu erstehen. Ohne dass er wusste, dass es die Ochsen seines Nachbarn waren, die dieser im Winter verkauft hatte, erstand er dieselben und stellte sie in seinen Stall. Bald hernach erkrankte der geizig Bauer an einer Lungenentzündung und starb. Weil es in damaliger Zeit Sitte war, dass der Nachbar die Leiche mit seinem Gespann zum Friedhof führte, so erwies auch er dem Verstorbenen diesen Liebesdienst und zwar mit eben den beiden Tieren, die in der Heiligen Nacht den Tod ihres damaligen Herrn vorausgesagt hatten. So behielt also der Ochse doch recht: Es wurde eine schwere Fuhr.

WIE DIE REHE ZU IHREM WEISSEN HINTERN KAMEN

Müllerbursche Hans hatte seine Mühle auf den Höhen des Barnim von seinem Vater geerbt. Der kleine Hügel, auf dem die Mühle stand, überragte die umliegenden Baumwipfel, so dass er immer mit ausreichend Wind gesegnet war. Hans war ein Mann der Tat. Gefiehl ihm etwas nicht, so zeigte er dies unmissverständlich. So erschien einmal ein Büttel vom Amt, welcher die Steurerhöhung bekannt geben wollte.

Hans ließ darauf Mehlsäcke von der Mühle regnen. Man traute sich seit dem nicht mehr mit schlechten Nachrichten zur Mühle. Auch hatte unser Müller einen sehr leichten Schlaf. Wehe dem, der diesen störte. Hans hatte eine wenig zarte Stimme. In Wut glich sie einem Donnergrollen. Neu Hinzugezogene dachten deshalb oft an ein Unwetter, wenn Hans Nachts seine himmliche Ruhe störende Menschen aber auch Tiere in seiner klaren Art zurechtwies. Nun hatte unser Hans auch einen kleinen Gemüsegarten, in welchem er zartes Gemüse zog. Der Garten war sein Heiligtum und wurde ebenso überwacht, wie sein leichter Schlaf.

Es begab sich in einer hellen Vollmondnacht, das einige Rehe den Garten entdeckten und das leckere Gemüse kosten wollten. Doch Hans war auf der Hut. Hatte er doch einen Bindfaden um seinen Garten gespannt, an dessen Ende eine Glocke über seinem Bette hing. In besagter Nacht hatte unser Hans lange gemahlen, denn am nächsten Tage sollte die Fuhre abgeholt werden. Er war so müde, das er, ohne sich auszuziehen, mit seinen bemehlten Sachen und Handschuhen auf sein Bette fiehl und schnarchte. Kaum stiessen jedoch die neugierigen Rehe gegen den Faden, so bimmelte das Glöckchen hell und klar über Hans und der war sofort zur Stelle. Mit seinen bemehlten Handschuh haute er die verdutzten Rehe auf Ihr Hinterteil, das es nur so staubte. Die Rehe mieden nun ebenfalls den Hügel von Hans, dem Müller. Bis zum heutigen Tage jedoch kann man den Mehlabdruck von Hansens Handschuh auf Ihrem Hinterteil sehen.

DIE WILDE JAGD

Zwischen Weihnachten und dem Dreikönigstag, in den geheimnisvollen zwölf Rauhnächten, braust die wilde Jagd alljährlich über die schneeverhüllten Berge, Wälder und Ortschaften des Oberbarnim.
Aus den Bergen kommen die unholden Geister auf Rossen und Böcken unter Geheul und Sturmessausen geritten. Am Semmelberg macht die tolle Schar Halt. Da werden die verwünschten Sennerinnen aus ihren eisgrünen Kammern geholt und es geht zum schaurigen Tanz auf den Schloßberg und den Pimpinellenberg. Dann aber werfen sich der Anführer Hagen und die Windsbraut mit dem brandroten Haar und all die unseligen Jagdgesellen auf ihre Reittiere und lärmen auf ihren nächtliche Zügen über die Arendskehle, die Ruine und Burg Malchow zum Baasee, um am Teller im anbrechenden Morgen die Jagd zu beschließen. In alten Tagen hatte besonders Falkenberg zur Zeit der Rauhnächte vieles zu leiden. Deshalb wurden Kapellen erbaut, um den höllischen Geistern den Weg zu versperren. Seitdem hat Falkenberg Ruhe von der gefürchteten Schar und hört sie nur ab und zu von ferne vorbeistürmen.

Am besten ist es wohl, in diesen Tagen zu Hause zu bleiben. Denn kommt ein Mensch dem wilden Jagd in die Quere, der muß unbedingt mit!

So erging es auch einmal einem Spielmann aus Freienwalde, der zu Silvester einer fröhlichen Runde zum Tanz gegeigt hatte. Als er in später Nachtstunde heimzu eilte, kam der heidnische Schwärm daher und schleppte den Armen durch die eiskalten Lüfte mit sich fort bis zum Teller, setzte ihn am tiefverschneiten Berg hin und stob mit gräßlichem Gelächter nach allen Windrichtungen auseinander. Als der Geiger am Neujahrstag unter Mühe und Gefahr endlich den Weg bezwungen und Freienwalde erreicht hatte, war sein Haar schneeweiß geworden. Er mochte nichts Näheres über sein nächtliches Erlebnis aussagen; sicher ist nur, daß man ihn sein ganzes Leben nie mehr lachen sah! Ähnliches widerfuhr vorzeiten aber auch gar manchen, die jahrüber das Schelten und Fluchen nicht lassen konnten. In den Rauhnächten wurde ihnen von der wilden Jagd der verdiente Lohn zuteil!

Das Anbrechen eines neuen Morgens scheut die gespenstische Schar; deshalb horcht die Windsbraut ängstlich auf den ersten Hahnenschrei, der im Tal unten laut wird, und ruft dem Anführer warnend zu, daß ein weißer Hahn krähe. Der aber entgegnet: "Weißer Hahn? Geht mich nichts an!" und stürmt weiter durch die weichende Nacht. Und meldet sie einen roten Hahn, so wird ihr die Antwort: "Roter Hahn? Toter Hahn!" gegeben. Kündet sie jedoch entsetzt, daß sie das Krähen eines schwarzen

Hahnes vernimmt, dann schreit der wilde Jäger furchtbar auf: "Schwarzer Hahn? Jetzt muß ich dran!"

Und kopfüber stürzt er sich samt seinem heulenden Gefolge in den dunklen Baasee.
Golden steigt die Sonne am Neujahrstag empor - und der Geisterspuk ist beendet!

DER WIND UND DER TEUFEL

Bekannterweise ist ja der Teufel bereits viele tausend Jahre alt und mit dem Alter setzen so manche Zipperlein ein.
So litt der Teufel, der sich so gerne am Teufelssee bei Freienwalde aufhielt, so arg an Rheuma, das er viel Wärme benötigte und Zugluft möglichst mied. Doch auch der Wind hielt sich doch so gerne am lauschigen Teufelssee auf und blies um die Ecken des Sees.
Der Teufel fand das gar nicht lustig und beschwor einen Zauber herauf, so das der Wind nur noch stumm und ohne zu blasen am Teufelssee weilen darf.
Noch heute kann man Ihn an sonnigen Tagen am Teufelssee lautlos pusten sehen.

DIE TEUFELSMÜHLE

Hier, ganz in der Nähe von Biesenthal, lagen vor alters nicht weit voneinander in einem großen, finsteren Laubwald zwei Wassermühlen. Die eine davon hieß die Teufelsmühle, weil der

Leibhaftige Teufel darin wohnte. Dieser hatte mit dem Besitzer der andern Mühle einen Pakt abgeschlossen, wonach der Müller dem Teufel an jedem ersten Ta im Monat eine Seele abliefern mußte. Der Müller erfüllte seinen Vertrag pünktlich. Bald aber war er in den allerärgsten Verruf geraten, denn alle seine Gesellen waren regelmäßig nach kurzer Zeit immer wieder spurlos verschwunden. Eines Tages kam ein Müllerbursch aus dem Schwabenlande zu ihm gewandert. Er hatte keinen Heller mehr im Beutel und war ganz abgerissen, deshalb suchte er um jeden Preis Arbeit. Der Müller nahm ihn auch sofort auf und gab ihm bekannt, daß er am Ersten jedes Monats eine Fuhre Sägespäne zu fahren habe. Der Geselle erklärte sich bereit, diese Arbeit zu übernehmen, und fuhr am andern Tag, der gerade der Monatserste war, mit seiner Ladung zur Teufelsmühle hinab. Als er dort angekommen war, trat ein Herr in weitem Mantel vor das Haus und befahl ihm, die Sägespäne in eine tiefe Grube zu werfen, die im Hof ausgehoben war. In diese Grube hatte der Teufel früher stets unversehens die Gesellen hineingestürzt, wenn sie sich zum Abladen arglos dem Rand der Grube genähert hatten.

Der Müllergeselle, der schon vieles von der Mühle und ihrem Bewohner gehört hatte, weigerte sich, die Fuhre abzuladen, weil er dazu nicht gedungen sei. Wohl oder übel mußte sich jetzt der Teufel selbst an die Arbeit machen. Kaum bückte er sich jedoch über das tiefe Loch, um einen Armvoll Sägespäne hinunterzuwerfen, als der schlaue Schwabe ihn fix beim Schopf faßte und kopfüber hinabwarf. Gleich darauf stieg aus der Grube ein greulicher Schwefeldampf empor, und mit donnerndem Geprassel brachen die Mühle und alle Gebäude des Gehöfts zusammen; von dem Teufelssitz blieb nichts übrig. Eine Rauchsäule erhob sich über den Trümmern und senkte sich dann in die Grube, in die der Teufel gestürzt war. Der mutige Müllergeselle zog leichten Herzens mit seinem Gespann von dannen, der Teufel aber war von da an um seine Beute geprellt.

DIE GRÜNDUNG DER STADT BERNAU

Nahe dem heutigen Zentrum von Bernau stand in alter Zeit ein einsamer Waldkrug. Die in der Umgebung wohnenden slawischen Stämme hatten diesen Ort für den Austausch von Produkten und Nachrichten erwählt. Der Wirt dieses Waldkruges braute aus dem Wasser des naheliegenden kleinen Flüßchens Panke ein wohlschmeckendes Bier.

Etwa um das Jahr 1140 verirrte sich der Markgraf Albrecht "der Bär", ein deutscher Ritter aus dem Harz, auf einer anstrengenden Bärenjagd mit seinem Gefolge in den Urwäldern an der Panke. Endlich fanden Albrecht und seine Mannen am Abend den einsamen Waldkrug. Freundlich wurden die deutschen Ritter empfangen und nach anfänglichen

Sprachschwierigkeiten von dem slawischen Wirt mit Speisen und Trank versorgt. Dem Markgraf aus dem Hause der Askanier, welche dieses Gebiet erobern wollten, schmeckte vor allem das ausgeschenkte Bier. Im Laufe des Abends wurde beschlossen, an dieser Stätte eine Stadt, das spätere Bernau, zu gründen.

Wenn man also will, verdankt Bernau seine Existenz dem Biere. Über das Bier, welches die Bernauer in über 60 Gemeinden und Städte bis nach Hamburg und Stettin brachten, gäbe es viel zu berichten. Das Brauereigewerbe wurde in der Stadt neben der Tuchmacherei das wichtigste Gewerbe. So ist es eine Tatsache, daß die Keller in den Häusern der reichen und mächtigen Tuchmacher in allen Fällen zum Brauen eingerichtet waren. Solche Keller findet man heute noch in der Brauergasse und in der Bürgermeistergasse. Es wurde nur an bestimmten Tagen gebraut. Der Stadtdiener mußte am Abend vorher in den Straßen bekanntgeben : "Es wird hiermit bekanntgemacht, daß keiner mehr in die Panke macht! Morgen wird gebraut!"

DIE PRINZESSIN VOM SCHLOSSBERG IN BIESENTHAL

Großmütter haben ihren lauschenden Enkeln früher die Geschichte so erzählt: Auf dem Schloßberge bei Biesenthal zeigte sich gewöhnlich um Mittag, oft auch um Mitternacht, eine verwunschene Prinzessin. Weiß gekleidet ging sie durch den Schloßgarten und hatte ein goldenes Spinnrad in der Hand. Gar manchem ist sie dort erschienen. Sie zeigte sich aber nicht jedem, sondern wählte sich die Leute aus, denen sie erschien. Eines Tages begegnete ihr ein Gärtner.

Der junge Gärtnerbursche hatte seit mehreren Nächten immer dieselbe Stimme gehört: "Komme in den Schloßpark um Mitternacht!" Nach langen innerlichen Kämpfen ging der Bursche um Mitternacht in den Schloßpark. Er erschrak, als er eine junge, hübsche, weißgekleidete Frauengestalt von weitem auf sich zukommen sah und wollte weglaufen.

Jedoch war er irgendwie wie verzaubert, stand fest auf seinem Platz. Die weiße Gestalt ging auf den Gärtner zu und er sah in ein trauriges Gesicht mit schmerzerfüllten Augen. Wieder wollte er weg, aber wie durch einen geheimen Zauber war er gebannt. Da sprach die junge Frau mit bewegender Stimme:
"Nimm mich auf den Rücken und trage mich bitte zur Kirche. Es ist ja nicht weit, Du wirst es bestimmt nicht bereuen."

Sie bat und bat gar sehnsüchtig. Der Gärtner faßte sich aus Mitleid und Sympathie für die liebliche Erscheinung ein Herz und nahm die leichte Gestalt auf den Rücken. Und siehe da, er konnte wieder laufen. Er stieg den Weg vom Schloßpark zur Kirche hoch; spürte kaum die Last und dachte so bei sich: "Das Fräulein ist leicht wie Luft."

Als er jedoch durch die Pforte des Kirchhofes den matt vom Mond beleuchteten Weg zwischen den Gräbern betrat, fuhr ihm plötzlich ein Wagen mit vier kohlschwarzen Rossen entgegen, welche Feuer aus Mund und Nase spien. Da packte unseren Gärtnerburschen ein jäher Schreck und er schrie laut auf. Plötzlich verschwand der Wagen. Die schöne Last sank.mit einem Jammerrufe von seinem Rücken: "Wieder auf ewig verloren!"

Lange stand unser Gärtnerbursche auf dem Friedhof und sann nach, was geschehen sein könnte. Da schlug die Glocke der Uhr auf dem nahen Kirchturm einmal, die Geisterstunde war vorbei. Der Gärtner erwachte wie aus einem Traum und eilte schnell heimwärts.

"Einige sagen", so schlossen die Großmütter ihre Erzählung, "die weiße Frau auf dem Schloßberge sei gar keine verwunschene Prinzessin, sondern ein Fräulein von Anheim, die mit ihrer Schwester die Letzte des Stammes gewesen sei. Warum sie verzaubert wurde, wisse niemand, denn sie sei ein überaus frommes Fräulein gewesen."

DER RIESENSTEIN BEI PRENDEN

Es gab eine Zeit, in der Riesen auf unserer Erde lebten, so sagen alte Leute, und so steht es in alten Büchern.

Sie sagen weiter, es gab zwei Arten Riesen, gute und böse. Es ist auch die Rede von Steinen, welche die Riesen, gut oder böswillig, aus Lust oder Wut geworfen,haben.

An der Chaussee von Lanke nach Prenden liegt ein ansehnlicher Felsblock. Die Maße sind etwa 3,80 m lang, 2,60 m breit und 1,40 m hoch. Das Schätzungsgewicht beträgt etwa 275 bis 300 Dezitonnen. Er besteht aus Gneis.

Diesen Riesenstein von Prenden hat mit Sicherheit ein Eiszeitgletscher an diese Stelle geschleppt, wo er heute noch liegt. Beim Abtauen des Gletschers ist er dann wie so manches andere in der Landschaft zum Vorschein gekommen. Heute steht er unter Naturschutz.

Mündliche Überlieferungen zu seiner Herkunft haben folgenden Inhalt: "Es gab eine Zeit, in der Riesen auf unserer Erde lebten. Gerieten diese in Wut, waren oft große Steine ihre Wurfgeschosse."

Die Kirchenglocken von Prenden hatten weit und breit in der ganzen Umgebung den schönsten Klang. Dieser Klang erregte einen dort lebenden Riesen immer maßlos. An einem

Sonntagvormittag erklangen die Glocken besonders laut und weckten den Riesen aus seinem Schlaf. Nun schien es dem Riesen genug, er wollte die Glocken nicht mehr hören. In seiner Wut warf er fünf Steine in die Richtung des Kirchturmes. Mit Kraft und Schwung schleuderte er drei Steine so weit, daß sie in den Wandlitzsee fielen. Das Wasser spritzte hoch auf und dort, wo die Tropfen hinfielen, entstanden die "Heiligen drei Pfühle".

Vielleicht hat sich der Riese auch in der Richtung geirrt, denn die nächsten zwei Steine flogen nicht weit. Die Brocken fielen am Strehlsee nieder. Die Glocken von Prenden blieben unversehrt und läuteten zum Ärger des Riesen weiter.

DER DANKBARE STORCH

In früherer Zeit, so erzählt man sich in Gabow, stand auf dem Scheunendach des Fischers Schulz ein Storchennest. Einst wollte das Storchenpaar im Frühling wie gewöhnlich wieder sein Nest dort beziehen. Doch da zeigte sich ein anderer männlicher Storch, und es entbrannte ein heißer. Kampf um das Weibchen. Der fremde Storch blieb Sieger, sein Gegner wurde fürchterlich zugerichtet, stürzte vom Scheunendach und brach sich ein Bein: Das Weibchen wollte aber durchaus nichts von dem fremden Storch wissen, sondern blieb ihrem verunglückten Männchen treu, so daß der fremde Storch endlich das weite suchte.

Die alte Schulzen nahm sich des Verwundeten an, verband ihm den Fuß und heilte ihn, worauf der Storch eine große Zuneigung zu ihr an den Tag legte. Als er vollständig wiederhergestellt war, sagte eines Tages die Alte die vor der Tür in der Sonne saß und Wolle spann, zu ihrem Liebling,' der ohne Furcht auf dem Hof umherlief, sein Futter aus der Hand seiner Retterin nahm und dann aufs Dach zu seinem Weibchen zurückflog:
"Kneppendräjer, ik hebbe di nu dien Been jeheelt, nu kannst du mi ut jennet Land, wo du nu balle hentreckst, ook för mine Möe wat metbrengen."
(Knabenbringer, ich habe dir nun dein Bein geheilt, nun kannst du mir aus jenem Land, wo du nun bald hinziehst, auch für meine Mühe etwas mitbrmgen.)

Das Storchenpaar zog bald darauf fort, und als es im nächsten Frühjahr wieder erschien, saß die Alte zufällig wieder vor der Hintertür im Sonnenschein. Siehe, da flog der Storch ganz dreist zu ihr vom Dach hernieder und ließ aus dem Schnabel eine goldene Münze in ihren Schoß fallen. Auf der Münze stand eine seltsame Inschrift, die selbst der Prediger in Freienwalde nicht lesen konnte. Lange wurde das Goldstück in der Familie als Andenken aufbewahrt, kam dann in das Schulzenamt und von hier an den Amtmann in Neuenhagen. Der Amtmann hatte nämlich die bei einem Gelage erzählte

Geschichte für ein Märchen gehalten und durch den Augenschein eines besseren belehrt werden müssen. - Wo aber seitdem die Goldmünze verblieben ist, das weiß niemand, da der Amtmann aus Neuenhagen fortgezogen ist.

DIE GLOCKEN IM WANDLITZSEE

Drei Glocken, so erzählt man, ruhen auf dem Grunde des Wandlitzsees. Sonntagskinder konnten sie zuweilen läuten hören. Manchmal gingen die Glocken an Land und standen eine Weile in der Sonne, um sich bescheinen zu lassen.

Einst kam ein Mädchen an den See, um zu baden. Sie erblickte die Glocken am Ufer. Ihre Sachen legte sie auf die in der Mitte stehende Glocke. Beim Baden hörte das Mädchen, welches ein Sonntagskind war, daß die Glocken wieder ins Wasser zurück wollten. Sie sah, wie sich die drei Glocken auf das Wasser zubewegten, auch jene, die ihre Kleider trug. Schnell schwamm sie ans Ufer und kam gerade noch zurecht, um ihre Kleider an sich zu nehmen. Da verschwanden die Glocken schon im See. Lange stand das Mädchen mit seinen Sachen in der Hand am Ufer, und plötzlich hörte sie die Glocken leise klingen.

Wenn man abends an einsamer Stelle am See sitzt, braucht man nicht unbedingt ein Sonntagskind zu sein, um die Glocken im See zu hören.

DER RIESENSTEIN VOM BÄGFELD

Am Wandlitzsee lebte ein Riese, der sich eines Tages beim Spaziergang den großen Zeh an einem Stein, welcher am Wege lag, verletzte. In seiner Wut nahm er den Stein in seine Riesenpranke und warf ihn über den See an das andere Ufer. Er rief dazu: "Hebb ich mi stooten an meine groote Teh, will ick dir ook smeeten öwer den Wandlitsche See!" 'Die Fingerabdrücke sollen heute noch zu sehen sein.

Der Stein liegt mittlerweile als Forschungsobjekt im Museum für Ur- und Frühgeschichte in Potsdam und wird als Kultstein der Urbewohner um den Wandlitzsee definiert, da er an der Begräbnisstelle dieser Leute im Bägfeld auf Stolzenhagener Flur gefunden wurde.

WIE EIN BAUER ADLIGER WURDE

"Ich bin der Herr von der Grütte." Schreiend und knotenstockschwingend rannte ein empörter, wie ein Förster aussehender Mann auf eine offensichtlich vornehme Gesellschaft zu, immer dabei zornig und laut rufend: "Ich bin der Herr von der Grütte!"

Die Bauern der Stadt Bernau hatten große Sorge mit ihren kleinen Feldern in den Wäldern am Liepnitzsee. Die dortigen Kahlschläge wurden, bevor man sie wieder aufforstete, einige Jahre von den Ackerbürgern der Stadt zum Anbau von Getreide gepachtet. Unter anderem wurde auf dem mageren Sandboden des Waldes Buchweizen, im Volksmund Grütte genannt, angebaut. Doch allerhand Volk lief nun kreuz und quer durch die kleinen Felder und verursachte großen Schaden. So kam es, daß die Bauern auf einer Besprechung im Hinterzimmer beim Kronenwirt nach vielem Bier und Korn beschlossen hatten: "Es wird an den Sonntagen abwechselnd immer ein anderer Wache an den Feldern am Liepnitzsee halten." Es wurde gelost, und das Los traf für den kommenden Sonntag den Bauern Albin Hörnig.

Selbiger Bauer zog nun am Sonntagmorgen mit dem ersten Hahnenschrei durchs Mühlentor in Richtung der Liepnitzwälder. Albin sah aus wie ein richtiger Jäger. Hohe Schäfter aus Rindsleder, grüner Lodenanzug, grüner Filzhut. Im Freßkorb Brot und Fleisch für seinen Leib, eine tuchumwickelte Flasche für die Seele. Einen schweren Knotenstock schwang er in der rechten Hand. Nach Erledigung seines Auftrages rastete unser Bauer am Ende eines Feldes. Die Sonne stieg höher. Die Mücken und Fliegen wurden immer lästiger, die Flasche wurde leer und leerer, und bald nickte Albin ein bißchen ein. Da schreckten ihn von Ferne Wagenrollen und Stimmen von Leuten auf. Durch die Halme des Feldes sah er mehrere Kaleschen. Die aussteigenden Leute dort drüben, die latschten doch tatsächlich durch die Grütte. So kam es zu dem Ausruf: "Ich bin der Herr von der Grütte", den unser aufgebrachter Bauer den feinen Herren mit hocherhobenem Knotenstock entgegenschleuderte. Da ging einer dieser Herren im grünen Anzug auf den Bauern zu. "Wir freuen uns sehr, einen bisher unbekannten Adligen aus dem niederen Barnim kennenzulernen. Wie war der Name? Wenn wir richtig vernahmen, Herr von der Grütte?" Unser Bauer darauf: "Jawohl, mein Herr, Sie haben richtig vernommen!"

"Dann darf ich Sie recht herzlich zu unserer kleinen Jagdgesellschaft einladen!" Albin Hörnig, unser frischgebackener Adliger, bekam eine Jagdflinte, und dann ging die Jagd durch den Wald am See. Die Strecke war beachtlich. Im Feuer brutzelten Leber und frische Fleischstücken. Grünangezogene brachten auf Tabletts Becher mit Wein und anderen Getränken. Da ging dem Albin Hörnig ein Licht auf. Er ahnte, in welche Gesellschaft er geraten war und dachte: "Wie komme ich hier am besten wieder klar?" Mit den Herren vom Vormittag klärte er nun den Irrtum. Er gestand, wer er sei und welche Bewandnis es mit dem "Herren von der Grütte" auf sich hatte. Die Augen seines Gesprächspartners wurden klein, schauten dann erstaunt, aber plötzlich lachte der feine Herr aus vollem Halse. Es war ja auch das Klügste, was er aus der Situation machen konnte.

Hörnig war in eine Jagdgesellschaft des

Kronprinzen geraten, hatte dort als Bauer die Rolle eines Blaublütigen gespielt und damit seinen Spitznamen "Herr von der Grütte" in der Stadt weg.

WIE DIE MARÄNEN IN DEN WANDLITZSEE KAMEN

Am Wandlitzsee soll früher ein berühmtes Kloster gestanden haben. Die Mönche waren als Feinschmecker bekannt. Einen der Mönche überkam : plötzlich ein unbändiger Appetit auf ein besonderes Fischgericht und brachte ihn fast um den Verstand.

"Nur einer kann mir meinen Wunsch erfüllen", so dachte der Mönch, "und das ist der Teufel!" Sofort nahm der auf ein Fischgericht ganz versessene Geistliche mit dem Gehörnten Verbindung auf. Für Fische feilschte der verdammenswürdige Gottesfürchtige um seine Seele. Nach Einsicht in seinen Terminkalender schlug der Gehörnte die erste Nacht nach Neumond vor. Schlag 12.00 Uhr sollte die Seele des Mönches gegen Maränen getauscht werden.

Drei Wochen waren noch Zeit, und so bekam unser Mönch Gewissensbisse und dachte nach, wie er seine Seele retten und den Teufel hintergehen könnte. Er sann und sann, und plötzlich fiel ihm ein: Die Glocke der großen Uhr vom Kloster war weithin hörbar. Er stellte sie zehn Minuten vor, Der Teufel wusste das natürlich nicht. Bisher war ihm auch noch keine Seele durch die Maschen geschlüpft.

Die festgelegte Nacht kam heran. Es ging auf Mitternacht zu. Der Höllenfürst fuhr mit Getöse durch die Lüfte und kam gerade noch bis zum Nordrand des Wandlitzsees. Da schlug die Klosteruhr Mitternacht. Voll Wut warf der Teufel seinen Sack mit den Fischen in den See und schnaubte: "Der erste, der mich hinters Licht geführt hat und seine Seele retten konnte! Verflixt!" So kam der Mönch zwar nicht zu seinem Fischgericht, aber der Wandlitzsee zu den Maränen.

DER TEUFEL VOM MÜHLENTOR

Ein alter Bernauer betont, die Geschichte sei wahr. Es war in der Zeit, als in Bernau noch das Mühlentor stand. In einem der kleinen Häuschen der Hohen-Stein-Straße wohnte der Torwächter mit seiner Familie. Die Torwächter waren zwar Angestellte der Stadt, aber ihre Bezüge (Lohn) waren gar schmal. Um die Familie nun über Wasser zu halten, schaffte sich der Torwächter einen Ziegenbock an. Das war so ein prächtiger, fleißiger Bock mit großen Hörnern, grünen Augen, Ziegenbart und schwarzem, glänzenden Fell. Da es in der Stadt damals über 900 Ziegen gab, war der Bock bei allen Ziegenbesitzern sehr gefragt. Einen Fehler soll der Bock jedoch gehabt haben: Ab und an ist er ausgerissen und hat für Stunden seine Freiheit zu Spaziergängen genutzt.

Dabei begab es sich an einem warmen Herbsttage, daß der Küster von Ladeburg nach Bernau zu Besorgungen unterwegs war. Der Rucksack war voll, und die Tonkruken schlugen leise beim Gehen zusammen. Der Küster hatte für seine Freunde und sich selbst die Wochenration "Korn" in den Flaschen, etwa so acht bis zehn Liter. Der lange Tag, die noch warme Sonne, die nötigen Kostproben, da wollten die Beine nicht mehr so recht den Rollherg hinauf. So dachte sich der Küster: "Du könntest eigentlich ein kleines Schläfchen im Straßengraben machen." Gedacht, getan.

Im Hinüberdämmern des Tages zur Nacht wurde der Küster geweckt. Etwas Warmes Weiches, Feuchtes fuhr ihm quer über das Gesicht. Er schlug die Augen auf, und der Atem stand ihm still: . Schwarze Hörner, grüne Augen, schwarzer Bart und der Odem wie direkt aus der Hölle. "Der Leibhaftige", schrie der Küster, sprang auf, riß seinen Rucksack um, hörte die Kruken zusammenschlagen und stürzte, alles stehen- und liegenlassend, Hals über Kopf davon und kam erst atemlos in Ladeburg wieder zum Stehen. Seine Freunde erschreckte er zunächst nur mit den Worten: "Der Teufel, der Teufel!"

Unterdessen gab es im Hause des Torwächters Ärger. "Mann, der Bock ist schon wieder weg", so klagte die Frau Torwächter. Und der Mann machte sich auf den Weg, um seinen "Schwarzen" zu suchen. Er suchte wallauf, wallab. Er suchte im Park, sah in der Lehmkute am Mühlenberg nach; suchte an den Tümpeln hinter dem Georgenhospital. Allmählich begann der Torwächter, seinen Bock zu verfluchen. Ärgerlich ging er von den Wassertümpeln zur Ladeburger Straße. Plötzlich sah er: Im Seitengraben lag etwas Helles und daneben etwas Schwarzes, Größeres. Beim Näherkommen erkannte der Torwächter seinen Bock, mit dem Kopf zwischen Tonscherben liegend. Erschrocken kniete er nieder und merkte, daß sein Bock schlief wie nach schwerer Arbeit und stank wie eine ganze Schnapsbrennerei. Da murmelte er - und es klang wie ein Dankgebet. "Nur hesoffen ist der Schwarze! Na, dann will ich mal den Handwagen holen ... "

Der Bock soll in der diesem Seitensprung folgenden Saison besonders fleißig gewesen sein, und wenn sein Besitzer ihn wieder mal suchte, fand er ihn immer am Rollberg.

SPUK IM SCHLOSS ZU GOLZOW

Vor Zeiten spukte es im alten Rochowschen Schlosse zu Golzow. Einst vor langer Zeit war einer der Herren von einem Kammerdiener heimtückisch umgebracht worden. Zwar hatte der Mörder versucht, die Tat zu vertuschen, doch nach kurzer Zeit, da wurde der Mörder entdeckt, und der Strick des Henkers übernahm die

ausgleichende Gerechtigkeit.
Der arme Sünder aber fand im Tode keine Ruhe. Jedes Jahr mußte er zur selben Stunde seiner abscheulichen Tat zum Schloß zurückkehren. So erschreckte er einst die Schloßherrin, die spät abends im Zimmer saß. Da stand plötzlich am Fenster eine schwarze Gestalt, die sich beim näheren Zusehen als ein Geist entpuppte, der nach Art dieses Volkes nicht Rede und Antwort stand, sondern lautlos verschwand. Das war der Frau des Hauses zuviel. Der unruhige Gast der noch andere Bewohner erschreckt hatte, soltte verschwinden.
Als wieder eines Tages sein Kommen nahte, wurde in dem Spukzimmer kurz vor Mitternacht eine Bibel zugeschlagen auf den Tisch gelegt und zwei Kerzen angezündet. Ein Bleistift wurde noch hinzugegeben. Das Zimmer wurde verschlossen und der Schlüssel sicher verwahrt. Als man nach einer Stunde den Raum wieder betrat, fand sich die Bibel aufgeschlagen, ein Spruch war angestrichen, und der Bleistift lag darin. Von Stund' an war Ruhe im Geisterschlosse zu Golzow.

DIE GOLZOWER GEISTERGRUFT

In der Golzower Kirchengruft ist es nicht geheuer. Kein Rochow wird sie, falls er es wagen sollte, sie bei Lebzeiten zu betreten, lebendig verlassen. Und so wurde die geistergruft von den Rittern und ihren Frauen gemieden. Wohl hatte man keine Angst, war auch durchaus nicht abergläubisch, aber man konnte nicht wissen! Einem Rochow dünkte diese Abneigung gegen die Familiengruft nicht ritterlich und männlich, und er stieg nach einer lustigen Zecherei hinab in das Grabgewölbe, um nicht wiederzukommen. Als die Dienerschaft ihm nachging, fanden sie ihn entseelt zwischen den Särgen seiner Vorfahren liegend vor. Ein Gemölde im Schlosse zeigte sein Bild. Es war der Junker Friedrich von Rochow aus dem Hause Grüneiche, der um 1600 jung und ohne Krankheit verstorben war.

DIE WEISSE FRAU VON GOLZOW

Ein märkisches Schloß ohne Hausgeister, ohne eine weiße Frau, ist undenkbar. Auch in Golzow, ging eine weiße Frau um.

In einem Zimmer spukte sie besonders oft, und eines Tages wollte man das Spukzimmer näher in Augenschein nehmen. Anfangs ging die Tür nicht auf, und der Dienerschaft war so, als würde jemand von innen sich gegen sie stemmen. Endlich sprang die Tür auf, doch war niemand im Zimmer.

Als man die Wände abklopfte, fand man nach langem Suchen einen vermauerten Wandschrank, dessen Vorhandensein nur am hohlen Klang des Mauerwerks sich feststellen ließ. In diesem Schrank, der wohl Hunderte von jahren alt sein mochte, fand sich ein verwittertes Bild, das eine kniende Frauengestalt zeigte, die flehend die Arme zu einem Ritter erhebt, der mit einem Schwert zum Schlage ausholt.

DAS DORF BRODOWIN

Als das Kloster Chorin noch von Mönchen bewohnt war, mußten viele Dörfer bestimmte Abgaben leisten, von denen die Mönche ihre täglichen Bedürfnisse bestritten. Das Dorf Brodowin war verpflichtet, alljährlich Brot und Wein nach Chorin zu liefern. Davon hat das Dorf seinen Namen: Brodowin (Brot und Wein) erhalten.

SCHLOSS IM ROSINSEE

Zu gewissen Tagen steigt um Mitternacht aus den Wässern des Rosinsees bei Brodowin ein hellerleuchtetes Schloß auf, das dann kurze Zeit inmitten des Sees auf einer Erhöhung prangt. Es ist aber ganz von Holz und ohne jedes Eisenteil, jedoch sehr kostbar. Au ch trocknet dann ein weißes Schloßfräulein daselbst ihre spinnwebfeine Wäsche, und eine prächtige Glaskutsche mit vier Schimmeln bespannt, fährt in die Fluten des Sees hinein, wo ein Plasterdamm bis zum Schloß führt. Dann erheben sich brandend bis an die W ipfel der höchsten Bäume die Seegewässer, eine weiße Gans schwebt flügelschlagend und wehklagend darüber hin und alles versinkt in die Tiefe. Der wilde Jäger treibt gleichfalls dort sein Spiel bei der Köte, und mancher Wanderer ist arg genasführt worden. P ferde dürfen in der Nähe des Rosinsees überhaupt niemals geschlagen und sonst gequält werden, es würde dem Tierquäler böse dort ergehen.

RAINFARREN

Nur in der einzigen Johannisnacht, in der Stunde zwischen elf und zwölf Uhr blüht das Kraut Reenepfarre (Rainfarren), und wer diese Blüte bei sich trägt, der wird dadurch den übrigen Menschen unsichtbar. So ging es auch einmal einem Bauern in der Gegend von Brodowin; er fuhr nämlich gerade zu dieser Zeit mit seiner Frau in die Stadt, um Bier zu holen, und stieg, da die Pferde im Sande nur langsam gehen konnten, vom Wagen, um ein Weilchen nebenher zu gehen. Auf einmal bemerkte seine Frau, daß er verschwunden war, aber gleichwohl sieht sie, daß die Zügel wie vorher gehalten werden; sie ruft ihn daher, und er antwortet ihr ganz verwundert, ob sie ihn nicht sehe, er sei ja dicht neben ihr am Wagen. Aber sie sah ihn nicht, und dabei war's doch, da ja Johannisnacht war, so helle, daß man hätte eine Stecknadel finden können. So ging's fort bis nach der Stadt; sie sprach mehrmals mit ihm, er antwortete auch, aber blieb immer noch unsichtbar. Als sie nun nach der Stadt kamen, hörte der Wirt und alles Hausgesinde wohl den Bauern reden, aber sie sahen ihn nicht, so daß dem Bauern ganz Angst wurde, weil er nicht wußte, was er daraus machen solle. Da sagte ihm der Wirt, der ein kluger Mann war, er solle doch einmal die Schuhe ausziehen; das tat er auch, und augenblicklich war er wieder sichtbar, aber nun war an seiner Stelle der Wirt verschwunden. Nach einer kleinen Weile kam auch dieser wieder zum Vorschein und brachte dem Bauern seine Schuhe, und nun waren beide wieder sichtbar, wie zuvor. Das war, wie der Wirt einmal in späterer Zeit erzählt hat, daher gekommen, daß der Bauer während des Gehens mit seinen Füßen die Blüten des Rainfarrens abgestreift hatte, und diese ihm in die Schuhe gefallen waren; daher hatte ihm der Wirt geraten, er solle dieselben ausziehen, und hatt e in seiner Kammer die Blüten herausgeschüttet, die er darauf zu seinem eigenen nutzen, da ja der Bauer nichts davon wußte, aufbewahrt hat.

GEFANGENE PRINZESSIN

An dem Wege von Brodowin nach Serwest liegt der Rahnberg. Auf seiner Spitze befindet sich ein maulwurfähnlicher Hügel. Wenn man darauf steht, hat man einen weiten Ausblick in die Umgebung.
Vor Jahren legte sich darauf ein Mann zum Ausruhen. Er schlief ein, und hörte im Traume ein heftiges Gehen und Rennen im Innern des Berges. Wie er die Augen aufmachte, entdeckte er einen Spalt in der erde. Er sah hinein, und erblickte unten einen hellerleu chteten Palast. Unzählige Männer, angetan mit den schönsten Kleidern, liefen hastig durch die Räume. Sie trugen vielen Schmuck und große Kisten Gold nach einem prächtig ausgeschmückten Saal, darinnen eine bildhübsche Prinzessin auf

goldenem Thron saß, zu Boden sah und still vor sich hinweinte. Sie achtete nicht des vielen Goldes und hörte nicht auf die tröstenden Reden ihrer vielen Zofen und Hofdamen. Nur einmal sah sie mit ihren verweinten Augen auf und sagte:
Mein Prinz, kommst du bald aus dem grünen Wald?
Da wurde der Mann wach. Er sah, wie eine goldene Kutsche mit vier prächtigen Schimmeln im rasenden Galopp um den Rahnberg sauste. Ein junger hübscher Prinz saß darin und suchte nach der Einfahrt. Wie er das dritte Mal herum war, sagte er:
Ich kann nicht kommen, mir wurde der der Schlüssel genommen.
Da war das Gefährt weg. Der Mann bekam Furcht und wollte gehen. Als er sich umdrehte und den Parsteiner See im Rücken hatte, sah er am Fuße des Berges einen alten Mann, der wie der Teufel aussah, einen großen goldenen Schlüssel in der Hand trug und in den Berg verschwand.

FEUERREITER

In Chorin hat einmal ein Amtsrat Meyer gelebt. Der hat den jüngeren Zeitgenossen eine Geschichte erzählt, die diese zum Teil als wahre Begebenheit weitererzählen. Nur die alten Leute haben die Köpfe geschüttelt und gesagt: Amtsrat Meyer möt et jo weten!
Es war in einer Augustnacht, als in dem Dorfe

Brodowin eine große Feuersbrunst ausbrach. Bald hatte sie alle Bauernhöfe bis auf die Grundmauern eingeäschert. Nur zwei Häuser standen noch, drohten aber auch jeden Augenblick ein Raub der Flammen zu werden. Da tauchte plötzlich auf der Choriner Landstraße ein Reiter auf. In wilden Sprüngen umritt er die beiden gefährdeten Gehöfte, immer im Kreise herum. Auf einmal stand plötzlich das Feuer still. Der Mann, der das Feuer besprechen konnte, war ein Feuerreiter. Später nannte man ihn das "Feuermännchen".

DER TEUFELSSTEIN

In früheren Zeiten lag auf der Brodowiner Feldmark ein großer Stein, in dem waren ganz deutlich neun Löcher sichtbar. Die hatte der Teufel hineingehauen, denn er hat immer Kegel gespielt und in den Löchern seine Kegel aufgestellt.

BÖTTCHER BEI DEN UNTERIRDISCHEN

Öfters hat es schon des Nachts Leute in der Nähe des Klosters Chorin gerufen, daß sie dahin kommen sollen, aber nicht alle haben auf diese Stimme geachtet und sind darum auch nicht so glücklich gewesen, wie der Böttcher, der vor vielen Jahren in einem der Tagelöhnerhäuser bei Chorin wohnte. Der hörte auch einmal in der Nacht die Stimme, die rief ganz laut seinen Namen, als wenn jemand in der Stube wäre und gab ihm einen Ort im Kloster an, wo er sich einfinden solle, aber er tat, als höre er's nicht, und drehte sich um. Da rief es zum zweiten und endlich zum dritten Male; nun stand er auf, nahm all sein Handwerkszeug: Messer, Beil, Hammer und Reifen, wie es ihm die Stimme geheißen hatte, mit sich und ging nach dem bestimmten Orte. Hier fand er ein kleines Männchen stehen, das grüßte ihn und war sehr freundlich, sagte ihm aber, er müsse sich die Augen verbinden lassen, denn anders könne er nicht mit ihm gehen, fügte auch hinzu, daß ihm kein Leides geschehen sollte. Da ließ es denn der Böttcher geschehen, und das Männlein führte ihn nun eine ganze Strecke, bis es ihm endlich die Binde abnahm und er sich in einem geräumigen Keller sah, wo er noch eine große Menge ebensolcher Männlein, wie sein Begleiter war, erblickte, die mit verschiedenen Dingen beschäftigt waren, aber kein Wort sprachen. Jetzt hieß das graue Männchen den Böttcher um 12 große Fässer, welche dort standen, neue Bänder legen; er führte diese Arbeit zur Zufriedenheit aus und erhielt nun die Erlaubnis, von jedem der zwölf großen Goldhaufen, die bei den Fässern lagen, einen Teil für sich als Bezahlung zu nehmen. Darauf ward ihm die Binde wieder vor die Augen gelegt, dasselbe graue Männlein führte ihn zurück, und er fand sich bald mit seinem Schatze allein an dem Orte, wohin ihn die Stimme zuerst gerufen hatte.

SCHATZ IM KLOSTER CHORIN

Alljährlich erscheinen in Chorin zwei Mönche, die nachsehen, ob der große Schatz noch in den alten Kellergewölben liegt. Sie nehmen sich dann immer einen Teil davon mit. Die Mönche hatte nun einmal ein Amtsschreiber des Amtsrats K. gesehen und war ihnen nachgegangen, ohne daß sie es merkten. Er hatte dabei bemerkt, wie sie vor eine eiserne Tür kamen und einige Worte sprachen, worauf sich die Tür auftat und die Mönche hineingingen. Das alles hatte er sich wohlgemerkt, und da er eine Liebste hatte, die er gern längst geheiratet, wenn er nur Geld gehabt, ging er zu ihrem Bruder und erzählte ihm alles. Dabei fragte er ihn, ob sie beide hingehen und sich auch Geld holen wollte. Er war auch bereit, und so gingen sie in den Gang hinab und kamen zu der eisernen Tür. Hier sprach er die Worte, die er den Mönchen abgelernt hatte und sogleich sprang die Tür auf. Darauf gingen sie weiter und kamen an eine zweite Tür, die er auf dieselbe Weise öffnete und sogleich hineinging. Aber kaum war er hindurch, so schlug auch die Tür hinter ihm zu, und der andere blieb draußen. Wie er noch so dasteht, hört er drinnen einen gewaltigen Lärm und Geschrei; aber das dauerte nur wenige Augenblicke, dann war's vorbei. Da zauderte er erst und war unschlüssig, was er tun sollte, denn er mochte doch nachdem, was er gehört hatte, wohl einige Furcht haben; aber andererseits hat er die großen, bis zum Rand gefüllten Fässer mit Gold gesehen und wollte auch wissen, was mit seinem Führer geworden war. Da sprach er getrost die Worte, die Tür ging auf und er sah den Schreiber, in viele kleine Stücke zerhackt, daliegen. Denn die Worte, womit die Mönche die Tür geöffnet, hatte er wohl gehört, aber nicht diejenigen, welche sie drinnen gesprochen. Da faßte ihn ein gewaltiges Grauen, und ohne auch nur ein Goldstück anzurühren, kehrte er um, ging nach Haus und hat nie wieder nach dem Golde verlangt.

SCHATZ IM KLOSTER MARIENSEE

Einst spielten zwei Knaben zwischen den Ruinen des alten Klosters Mariensee. Es waren Hütejungen, die die Tiere weiden sollten. Da ihnen aber die Zeit zu lang war, ließen sie ihre Ziegen laufen, wie sie wollten, und spielten in den alten Gemäuern. Dabei gewahrte einer ein tiefes Loch in der Erde, und als er hineinsah, schien es ihm, als ob tief unten ein Lichtschimmer glänzte. Er rief die anderen herbei und nun sahen sie über den Rand in die Grube, konnten aber nichts entdecken und verspotteten den Kameraden, der das Licht gesehen haben wollte. Ein großer, der ihm mißgünstig war, stieß dem Kleinen, als er sich hinabbeugte, die Mütze vom Kopf und rief, es sei der Wind gewesen. Der Junge schrie, als hätte er den Verstand verloren, denn er hatte daheim eine böse Stiefmutter und durfte ohne die Mütze nicht wiederkommen. Da knüpften die anderen ihre Stricke zusammen, mit denen sie die Ziegen anzubinden pflegten, und ließen ihn in den

Schacht hinunter, damit er seine Mütze wiederfände. Als der Junge hinabkam, sah er einen Gang und am Ende des Ganges ein Licht. Da saß an einem Tisch ein alter Mönch und las. Zu seinen Füßen aber schlief ein Hund. Von der Mütze aber war nichts zu sehen. Der fromme Mann erhob seinen Kopf und fragte, was er begehre. Da erzählte der Junge , daß er seine Mütze verloren hatte. Der Mönch sprach: Greif unter den Tisch und nimm, was hineingeht. Aber wecke mir den Hund nicht!. Der Knabe bückte sich. Da lag unter dem Tisch die Mütze, und daneben ein Haufen Gold. Der Knabe tat in die Mütze, was sie halten konnte, und bedankte sich von Herzen. Dann zogen ihn seine Kameraden heraus ans Licht. Er zeigte ihnen den Schatz und wollte mit ihnen teilen; aber der Große, der die Mütze hinabgeworfen hatte, wollte nicht. In ihm war die Gier erwacht. Er ließ seine eigene Kappe in das Loch fallen und sich dann auch hinunterlassen. Unten saß der Mönch und sprach wiederum: Nimm, was hineingeht, aber wecke mir den Hund nicht!. Der Junge raffte zusammen, was er fand, aber in seiner Sucht wühlte er, daß der Haufen unter Klirren zusammenstürzte. Da erwachte der Hund und zerriß ihn.

SAGE VOM GERAUBTEN SCHATZ

Chorin war seit einem Jahrhundert seiner Bestimmung entzogen, nachdem Luthers Lehre auch hier zur herrschenden geworden war.

Verlassen standen die Hallen, die dem alten Kultus geweiht gewesen. Nicht mehr wurden von den Zisterzienser-Mönchen fromme Lieder in der Klosterkirche gesungen und feierliche Umzüge durch die weiten Kreuzgänge gehalten. Eine neue verhängnisvolle Zeit war gekommen, der dreißigjährige Krieg durchtobte die deutschen Gauen und trug seine Fackel auch in die Marken. Schwedische Heerscharen nisteten sich hier ein und verwüsteten rings die Gegend. Namentlich Eberswalde äscherten sie fast ganz ein.

Ein schwedischer Reiter hatte beim Bärenwirt, dessen Gasthof auf dem Rosenberge bei Eberswalde an der nach Chorin führenden Straße lag, Quartier genommen und mit dessen schöner Tochter Anna ein zartes Verhältnis angeknüpft. Längst dem unsteten Kriegsleben und dem rohen Treiben seiner Kameraden abhold, wünschte er sehnlichst dem Dienst zu entsagen und an der Seite seiner Geliebten ein neues Leben zu beginnen. Als nun bald darauf die kaiserlichen Scharen herandrangen und die Schweden Eberswalde eiligst räumen mußten, verließ er sein Regiment und blieb beim Bärenwirt. Doch war seines Bleibens dort nicht lange, denn ein kaiserlicher Hauptmann nahm ebendort längere Zeit Wohnung. Um nicht verraten zu werden, mußte der Schwede ein Versteck wählen. Am passendsten erschien ihm hierzu Chorin, das unbewohnt und halb verbrannt, eine Stunde nordwärts lag. Dieses bot so gute Schlupfwinkel, daß selbst bei näherem Nachforschen eine Entdeckung fast unmöglich erschien. Gesagt -

getan. Der Schwede verschwand und niemand wußte wohin. Die Kaiserlichen blieben lange hier stehen. Der Offizier ließ sich die feinen Weine und köstlichen Speisen im Gasthof des Bärenwirtes gar gut schmecken und bewarb sich eifrigst um die Gunst der schönen Anna: Diese wies jedoch seine Bewerbungen entschieden zurück. Wochen waren so hingegangen, und selten hatte sie den Geliebten sprechen können, wenn er sich an finsteren Abenden aus seinem Versteck hervorgewagt und sie am versprochenen Stelldichein erwartet hatte.

Eines Tages kam ein Mann in Mönchstracht in den Gasthof zum Bären und setzte sich mit dem Hauptmann in ein besonderes Zimmer. Sein Benehmen war so geheimnisvoll, daß Anna neugierig wurde und von einem Nebenzimmer aus der beiden Unterhaltung belauschte. Da hörte sie denn, wie der Mönch den Offizier zu einem nächtlichen Spaziergang nach Chorin zu bewegen suchte. In der dortigen Klosterkirche, sagte er, sei ein großer Schatz verborgen, wie er aus alten Schriften wisse. An der elften Säule, linker Hand, vom Westeingange aus gerechnet, sei ein Petrusbild auf die Wand gemalt, und wo die Füße dieses Heiligen den Boden berührten, liege eine große Steinplatte. Wenn man auf diese drücke, so werde sich eine Falltüre öffnen, die zu einem kleinen unterirdischen Gemache führe. Dort sei an der rechten Wand ein zweites Petrusbild, zu dessen Füßen eine ähnliche Steinplatte liege. Unter dieser sei ein großer Schatz von güldenen und silbernen Gerätschaften verborgen. Diesen wollten sie bei nächtlicher Stunde heben. Nach längerem Zögern willigte der Kriegsmann ein. Die Aussicht auf großen Gewinn überwand seine Gespensterfurcht. Man verabredete die elfte Stunde der Nacht zum Aufbruche.

Der Mond war über die winterliche Landschaft heraufgezogen, als beide dem Kloster zuschritten. Durch den westlichen Eingang traten sie in die Kirche, deren weiter hoher Raum durch das seitlich hereinfallende Mondlicht fast taghell erleuchtet war. Unheimlich wurde dem Kaiserlichen zumute, seine Phantasie ließ ihn überall Gestalten sehen, die ihn anstarrten und auf ihn zuzukommen schienen. Mit Mühe nur brachte der Priester ihn weiter. An der elften Säule fanden sie das Petrusbild, wie der Priester vorausgesagt hatte. Hell fiel das Mondlicht auf das Gemälde und leuchtete ihnen zur Arbeit. Bald war die rechte Stelle gefunden. Auf einen Druck öffnete sich die Steinplatte und legte den Eingang zu dem Gewölbe frei. Eine Treppe führte in die Tiefe hinunter. Furchtlos schritt der Priester voran, zaghaft folgte sein Begleiter. Doch was ist das? - An der Wand des Gewölbes steht statt des Goldes eine weiße vermummte Gestalt, deutlich hebt sie sich von der Wandfläche ab. Langsam und drohend streckt sie ihren Arm aus und machte eine Bewegung, als ob sie den Ankommenden entgegentreten wollte. Da litt es den Kaiserlichen nicht länger; mit einem Satze sprang er die Stufen hinauf und warf die Falltür wieder ins Schloß. Fort trieb es ihn, wie Furien der Hölle. War es ihm doch, als hörte er einen Donnerschlag und nachfolgend großes Gepolter, als trieben hundert Kobolde ihr Wesen. Um ihn tanzten weiße Gestalten, grinsten ihn mit hohlen Schädeln an und streckten ihre fleischlosen Arme nach ihm aus. Waren es nicht bekannte Gesichter, waren denn die Toten aus ihren Gräbern wieder erstanden? Glaubte er doch schon Gras darüber gewachsen, wie er bei Magdeburgs Fall Greise, Weiber und Kinder eigenhändig ohne Mitleid hingeschlachtet hatte. Und nun müssen sie ihm wieder erscheinen, - nun wollten sie ihn für den Frevel fassen. Vergeblich streckte er seine Arme abwehrend aus, umsonst verdoppelte er seine Schritte - sie kamen ihm näher und näher! In fürchterlicher Aufregung rannte er weiter, endlich sah er den Gasthof zum Bären vor sich. Ihm war als wäre sein Diener um ihn beschäftigt, dann schwanden ihm die Sinne.

Lachend schien die Sonne ins Zimmer, und Frühlingsdüfte drangen durch das geöffnete Fenster ein, als er die Augen wieder aufschlug. Fremd war ihm alles umher, nur seinen alten Diener erkannte er wieder. Woher der Frühling, da es gestern noch Winter war? Bald sollte er belehrt werden. Lange, lange Wochen hatte er bewußtlos im Fieber gelegen, nachdem er eines Abends in wilder Hast von einem Ausfluge zurückgekehrt war. Von dem Priester hatte niemand wieder etwas gehört. Auch der Bärenwirt und seine Tochter waren unter Hinterlassung ihres sämtlichen Eigentums seit jenem Tage verschwunden.

Später hat man bei Chorin am Weinberge eine Leiche in Mönchstracht gefunden, die Spuren eines gewaltsamen Todes tragend.

Jahre vergingen und man dachte kaum noch an diese Begebenheit. Da wurde ein Eberswalder, den Geschäfte nach Schweden geführt hatten, von einem vornehm gekleideten Herrn in deutscher Sprache gefragt, wie es daheim ginge. Dieser Herr war der verschwundene Bärenwirt. Er erzählte dem erstaunten Eberswalder die Ursache seines plötzlichen Verschwindens. Von seiner Tochter habe er von dem Plane des Mönchs, den Schatz in Chorin zu heben, erfahren, und beschlossen, ihnen zuvorzukommen. Als er mit dem Schweden bei Fortschaffung des Schatzes beschäftigt gewesen, seien sie von dem Priester in dem Gewölbe überrascht und angegriffen worden. Dessen Begleiter habe zwar das Weite gesucht, dieser jedoch ihnen mit Gewalt die Beute streitig zu machen gewagt. Da hätten sie sich genötigt gesehen, kurzen Prozeß mit ihm zu machen. Im tiefen Schnee außerhalb des Klosters hätten sie ihn verscharrt und dann unverzüglich mit dem großen Schatze die Reise nach Schweden angetreten.

MÖNCHE VOM MARIENSEE

Vom Leben und Lebenswandel der Mönche im Kloster Mariensee ist uns wenig überliefert. Eine Legende beschuldigt die Mönche allzu leichtsinnigen Lebenswandels und Mangel an Frömmigkeit.

Es geschah einmal, daß Christus und der heilige Petrus in der Welt spazieren gingen. Und zwar soll es zu jener Zeit gewesen sein, zu der der hohe Pförtner den Himmelsschlüssel verlegt hatte und nicht wiederfinden konnte. Darum durfte bis zur Anfertigung eines neuen Schlosses keiner in den Himmel gelassen werden. Diese Zwischenzeit benutzte also Petrus, um mit Christus die Erde zu inspizieren.

So kamen sie denn auch eines Tages an den Ort Barsdyn (Parstein), wo man in einem Hause Volkslieder sang. Christus blieb stehen und hörte zu, während Petrus weiterging. Sooft er sich umwandte, sah er den Herrn noch immer wie angewurzelt lauschen. Nicht lange dauerte es, da kam Petrus im Weiterwandern an den Parsteinsee, von dessen Ziegeninsel, auf der das Kloster Mariensee stand, fromme Gesänge herüberschallte. Hier blieb Petrus stehen, um zu horchen. Christus aber, der ihn schnell eingeholt hatte, ging vorüber. Da wunderte sich Petrus und fragte den Herrn: Warum bleibst Du vor Häusern stehen, in denen man Volkslieder singt, und hier, wo geistliche Gesänge ertönen, gehst Du vorbei?.

Da antwortete der Herr: Mein lieber Petrus, dort in Barsdyn sangen sie Volkslieder, aber mit aller nur denkbaren Andacht. Hier aber klangen fromme Chöre ohne jede Andacht!.

BRUDER BENEDIKT

Im Kloster Mariensee lebte einmal ein frommer Mönch, Bruder Benedikt, der las oft den Vers im Psalter: Tausend Jahre in deinem Angesicht sind aber wie der gestrige Tag. Diese Weisheit wollte ihm nicht recht eingehen und er bat eines Tages Gott im inbrünstigen Gebet, er möchte ihm doch diesen Satz einmal beweisen.

Einst gegen Morgen kurz nach der Mette um 3 Uhr, hörte Benedikt einen Vogel herrlich singen. Als er vor die Kirche trat, sah er ihn drüben am Ufer auf einem Baume sitzen. Er schwang sich in einen Kahn, ruderte hinüber und hörte unter dem Baume lange dem schönen Gesange des Vogels zu. Nach einer Weile meinte er, es müsse doch bald zur Prim, dem Gebete um 6 Uhr morgens, läuten. Er setzte sich also wieder in sein Boot und trieb es an die Insel. Als er aber diese betrat, war das Kloster nur noch eine Ruine. Am Rande der Insel, dem See zu, hauste ein alter Eremit, der ihm klarzumachen versuchte, daß das Kloster schon seit über dreihundert Jahren nach Chorin verlegt sei. Und wie er nun auf den See schaute und in den Fischerkähnen Männer in ihm völlig fremden Trachten sah, wurde es ihm klar, er hatte Jahrhundertelang dort drüben gestanden und dem Vogel zugehört. Gott hatte ihn behütet vor Ungewitter und Durst.

KLOSTER CHORIN

Das Kloster Chorin hat nicht immer an der Stelle gestanden, wo man noch jetzt die schönen Ruinen desselben sieht, sondern es hat ehemals in der Nähe des großen Parsteiner Sees auf dem Rosmarienberge gelegen; warum es aber von dort fortgebracht ist, weiß man nicht.

Als nun das neue Kloster an dem Mariensee gebaut wurde, da haben sieben Baumeister lange Jahre daran gearbeitet, bis sie endlich das herrliche Werk vollendet sahen. Es war aber auch eine gar schwere Arbeit, indem sie auch noch einen weiten unterirdischen Gang nach dem Kloster Angermünde, sowie einen von da nach Greiffenberg bauten. So hat es denn lange Zeit gestanden in seiner Pracht, bis es endlich mit allen Gebäuden, die darum und daran sind, auf ewige Zeiten verwünscht worden ist.

Von da an sind die Unterirdischen darin eingezogen, die kommen bald hier, bald dort in ihrer grauen Kleidung und mit dreieckigem Hut zum Vorschein; aber nicht jeder kann sie sehen, sondern nur Sonntagskinder und andere Begabte.

Es wird auch berichtet, daß die Mönche den unterirdischen Gang zum Kloster in Angermünde dazu benutzten, um heimlich zu den dort lebenden Nonnen zu gehen.

GESPENSTER IM KLOSTER CHORIN

Eine weiße Frau und kleine graue Zwerge sollen im Kloster Chorin umgehen. Die Frau soll zu Lebzeiten ein sehr gottloses Leben geführt haben. Nun kann sie keine Ruhe finden, sondern durchschreitet allnächtlich als Büßerin die Ruinen des Klosters. Gar unheimlich hört sich das Klirren und Klappern des großen

Schlüsselbundes an, das sie am Gurt trägt, und aus ihrem bleichen Gesicht blicken zwei Augen ernst und unstet in die Weite. Ganz anders die Zwerge. Die eilen geschäftig hin und her, sehen überall nach dem Rechten, und wo Notstand herrscht, da erweisen sich die kleinen Wesen als willige Helfer. Sie wohnen unter den Klostermauern und werden daher auch die Unterirdischen genannt. Aber niemand fürchtet sie. Manch einer möchte ihnen wohl folgen, wenn sie tief in ihrem Gemäuer verschwinden. Denn dort sind sie als Hüter und Wächter der großen Klosterschätze bestellt.

DIE WEISSE FRAU

Eine weiße Frau läßt sich öfters des Nachts in der Ruine sehen mit einem großem Schlüsselbund an der Seite, weshalb die Leute sie auch die Utgebersche nennen. Gewöhnlich trägt sie gelbe Pantoffeln. Einige sagen, jetzt komme sie nicht mehr, sie sei verschwu nden, weil ihr einmal einer, als er dies bemerkte, nachgerufen habe: Kiek, die het ja jele Tüffeln an.

WEISSE FRAU ZU CHORIN

In den Ruinen des Klosters Chorin läßt sich öfters, besonders des Nachts, eine weiße Frau sehen, die nennt man auch wohl, da sie immer ein großes Bund Schlüssel trägt, die Autgebersche (Ausgeberin); einige sagen jedoch, sie sei jetzt verschwunden, und zwar sei das so

gekommen:
Ein Mann, der in der Brauerei des im ehemaligen Klosters gelegenen Amts während der Nacht auf dem Pfarrboden wachte, sah die weiße Frau dort plötzlich hereintreten, und erschrak nicht wenig. Anderen Morgens erzählte er nun den anderen Knechten, was ihm begegnet, und da fragte ihn einer, ob er ihr denn nach den Füßen gesehen hätte. Jener verneinte es, darauf sagte dieser: Nun, dann wollen wir heut Nacht noch einmal hingehen und nachsehen! Sie setzten sich darauf um Mitternacht auf den Pfarrboden hin und wachten, und das dauerte auch nicht lange, da kam die weiße Frau langsam hereingeschritten. Jetzt sahen ihr alle sogleich nach den Füßen und bemerkten bei dem Schein der Lampe, daß sie gelbe Pantoffeln anhabe (nach anderen sollen es grüne gewesen sein). Da rief jener, der zuerst darauf aufmerksam gemacht hatte, lachend: Haha! Die hat ja gelbe Pantoffeln an! Und kaum hatte er's gerufen, so floh sie eiligst davon und ist nie wieder zum Vorschein gekommen.

SPUK

Einmal hatte einer in der Brennstube die Wache. Da kam ein kleines rotes Männchen mit Hörnern und großen Zähnen und stellte sich ihm vor; der Mann ist nie mehr dazu zu bringen gewesen, dort zu wachen. Ein anderes Mal wollte der Jäger des Nachts hinausgehen etwas schießen, da stößt es ihn, wie er so geht, am Ellenbogen. Die Flinte geht los und er schießt sich tot.

STUMME FRÖSCHE

Als das Kloster verwünscht wurde, da sind auch die Frösche im Klostersee, dem Marien- oder Amtssee, stumm geworden. Daher kommt es, daß, so viele es dort auch gibt, man doch nie das Quaken der Frösche vernimmt. Andere behaupten freilich, das sei schon zur Zeit der alten Mönche geschehen. Da hätten die Frösche oft durch ihren Lärm die Andacht im Kloster gestört, so daß die frommen Brüder Gott gebeten hätten, sie verstummen zu machen. Das sei denn auch geschehen. Einige erzählen auch, ein Klosterbruder habe die Frösche verflucht, da seien alle stumm geworden.

QUAKENDE FRÖSCHE IN CHORIN

Im Mariensee, der dicht ans Kloster Chorin angrenzte, gab es einst zahllose Frösche, die namentlich zur Sommerzeit erschrecklich sich vermehrten, so daß sie den Mönchen nicht nur die Nachtruhe, sondern auch die Andacht raubten. Als wieder einmal die Mönche in feierlicher Prozession singend und betend am Ufer entlangzogen, erhoben die Frösche ein solches Geschrei, daß sie den Gesang der frommen Schar übertönten. Da trat der würdige Prior dicht an das Ufer. Er sprach in nomine dei und fluchte den Fröschen, da sie die göttliche Andacht störten. Da ward es still ringsum, und nie wieder hat man das Quaken der Frösche vernommen. Der Prior aber wurde hoch geehrt bis an sein Ende, denn man meinte, er habe ein Wunder getan.

TRÜMMELMANN

Der alte Fritz hatte einen Trümmelmann (Trommler), den er sehr liebte, denn solange der die Trommel rührte, ging im Felde alles gut. Zuletzt nützten dem Fritz auch seine Siege nichts mehr, denn das Geld ging ihm aus; er trug schon löchrige Stiefel, in die das Wasser hineinlief, und stieg deshalb lieber gar nicht mehr vom Pferde. Da rief er den Trümmelmann heran und sprach zu ihm: Trümmelmann, Du mußt mi eenige Schäpel Geld anschaffen, kieke mal, wo Du ditt herkrigst! Der Trümmelmann machte ein trauriges Gesicht, dann aber fiel ihm ein, daß man von dem alten Amtmann von Chorin, einem argen Geizhals und Zauberer, erzähle, er habe ungezählte Fässer Goldes in heimlichen Kellern stehen. Da mußte er hin.
Er machte sich auf, und wie er in Chorin ankommt, sieht er die Arbeitsleute sich keuchend abmühen bei der Ernte, denn dem harten Amtmanne ging alles nicht schnell genug. Trümmelmann stellte sich hin und beginnt seine Trommel zu rühren. Gleich bei den ersten Wirbeln beleben sich die Mienen und die Glieder der Arbeiter, und bald geht die Arbeit, als hülfen hundert unsichtbare Hände. Das gefiel dem Amtmann, und er sann schon darauf, die wunderbare Trommel an sich zu bringen.

In dieser Nacht schlief der Trümmelmann nach schlechtem Abendessen in der Bräustube. An diese stieß eine kleine Kammer, durch eine schmale offene Spalte mit ihr verbunden, in die einzutreten der Amtmann ihm streng verboten hatte. Gegen Mitternacht erwacht der Trümmelmann von dem Geräusch schlürfender Schritte in dieser Kammer. Dann hört er eine schwere Tür gehen, und dumpfe Kellerluft dringt bis zu ihm hin. Nach einiger Zeit scheint die schwere Tür wieder zu schließen, und die Schritte entfernen sich. Das muß der Trümmelmann untersuchen. Er betritt die Kammer, macht Licht mit seinem Zunder und trommelt leise mit seinen Trommelstöcken an den Wänden hin. Auf einmal weicht ein Teil der Wand zurück, eine steile Treppe zeigt sich, und in dem Keller, zu dem sie fü hrt, stehen mehrere Reihen Fässer übereinander. Das also war der Schatz. Der Trümmelmann steigt hinab, aber heben kann er keines der Fässer, so schwer sind sie.

Am nächsten Morgen geht alles so wie tags zuvor; der Amtmann ist noch ungeduldiger, und Trümmelmann muß trommeln, bis ihm die Hände lahm werden. Endlich, als schon der Vollmond heraufsteigt, ist die letzte Fuhre, ein Fuder Erbsen, herein. Der geizige Amtma nn kümmert sich aber nicht mehr um seinen treuen Helfer und bietet ihm nicht mal ein Abendbrot. Da sucht Trümmelmann in Hunger und Ärger die Erbsen auf, die beim Einfahren der letzten Fuhre zur Erde gefallen sind, um sich daraus selbst ein

Gericht zu kochen.

Als er aber die Braustube betritt, wo er die vorige Nacht geschlafen hat, fällt ihm etwas ein. Er geht in die Nebenkammer, läßt die Wand zurückweichen und streut auf die Treppe, die zum Keller hinabführt, einen Teil der Erbsen vorsichtig aus. Dann kocht er sich die übrigen Erbsen und legt sich nieder.

Alles kommt, wie in der vorigen Nacht. Aber auf die schlürfenden Schritte und das Ächzen der Tür folgt diesmal ein dumpfer Fall und ein furchtbarer Schrei. Dann ist alles still. Als der Trümmelmann nachsieht, liegt der Geizhals am Fuße der Treppe tot da, mit verdrehtem Gesicht.

Nun war der König Erbe des erbenlosen Geizkragens. Trümmelmann will gleich am Morgen fort, es ihm zu melden. Wie er aber heraustritt, hört er Pferdegetrappel, und bald steht der Fritz mit wenigen Getreuen selbst vor ihm und ruft: Trümmelmann, es steht schlecht, vielleicht kannst Du noch helfen mit dem Geld und Deiner Trommel! Da berichtet Trümmelmann, was er erlebt hat. Neun volle Wagen Goldes läßt der König abfahren, und nun nahm der Krieg bald eine bessere Wendung und kam zu gutem Ende.

DER TOD VON CHORIN

Es war einmal ein Amtmann zu Chorin, der war hoffärtig, voller Tücke, stets auf seinen eigenen Vorteil bedacht und von seinen Untergebenen sehr gefürchtet, die nannten ihn den Tod von

Chorin, und er hörte das nicht ungern. Aus allem konnte er Geld machen, sogar aus Sand, Asche und Ziegelsteinen, deshalb ließ er heimlich das ihm anvertraute Kloster nach und nach abbrechen, um die Steine und das Holz davon für schweres Geld loszuschlagen; ja er zwang seine Spanndienstpflichtigen zu weiten Reisefuhren, die her ausgebrochenen Steine vom Kloster viele, viele Meilen kostenlos zu fahren. Das ging so lange Jahre. Eines Tages begegnete einem solchen Transport schöner Gewölbesteine aus dem Kloster der König, der von des Amtmanns Schlechtigkeiten nichts wußte. Er erkundigte sich bei den fluchenden Fuhrleuten, woher die schönen Steine, die groben Menschen und das schrecklich elende Zugvieh kämen. Darauf antwortete der Vormann des Zuges, der alte Schmied Pinkpank wars:

O, Herre, de Steene sinn gestahlen,

Unsen Amtmann sall de Düwel halen!

Auf die Zurede des Königs brök ook den Angeren dett Mul upp brachten die Leute ihre Klagen an, worauf der König sofort einen "Expressen" aufsitzen, und den Amtmann von Chorin zu sich auf das Berliner Schloß laden ließ. Der eitle Amtmann meinte nun, der König habe Verlangen, mal einen richtigen, tüchtigen und reichen Amtmann aus der Uckermark zu sehen. Er läßt sofort die blinkende Glaskutsche sechselang seiner besten Schimmel bespannen und reiste plängschlaß nach Berlin. Der Amtmann wurde hier von seinen Richtern empfangen und zum Tode verurteilt. Auf die

flehentlichen Bitten des Verurteilten hin, schenkte ihm der König das Leben. Aber unter harten Bedingungen: eine große Geldbuße mußte er geben für seine Diebereien am Klostergebäude, daneben traf ihn für die Schindereien an Mensch und Vieh, die Strafe des lebenslänglichen Strangtragens. Der Scharfrichter legte ihm sogleich einen Strick um den Hals, den durfte der Amtmann nie wieder ablegen, und führte ihn nach Spandau, wo er alljährlich nun vierzehn Tage hindurch die "Kugel" karren mußte. Als der Amtmann gestorben war, da ordnete der König an, daß seinen Grabhügel kein Liebeszeichen, keine Blume decken dürfe, sondern nur ein harter Stein und darauf sollte oben eine runde Kugel gesetzt werden, als warnendes Zeichen. Manche meinen nun, die Kugel stelle einen vollgefüllten Geldbeutel vor, andere halten sie für dieselbe Kugel, die der Amtmann alljährlich in Spandau karren mußte, während wieder andere sie für das Abbild des protzigen Amtmannkopfes ansehen, den Kopf, den ihm der König geschenkt hatte. Das wird wohl seine Richtigkeit haben, denn zu gewissen Zeiten fängt diese Kugel von ganz allein an, sich zu drehen und zu bewegen, als sei Leben in ihr, damit meldet sich gemeinhin Unheil an, und es heißt von ihr:
Et wackelt der Kopp,
Der Strick wringt den Nacken,
Der Düwel mät'n Amtmann,
De spälen Upphacken.
Eine weitere Sage schildert die Abrechnung mit

dem Amtmann in Berlin etwas anders.

Der Amtmann war nach einem altertümlichen Giebelhaus in einer düsteren, abgelegenen Straße in der Nähe des Königstores in Berlin beschieden worden. Vor diesem befahl er seinem Knecht Johann zu halten und verschwand dann in der alten, mit hölzernen Schnitze reien reich verzierten Tür, die sich auf sein Klingeln geräuschlos geöffnet hatte. Nach einer halben Stunde des Wartens hörte der Kutscher aus einem Fenster des Hauses von einer fremden Stimme den Zuruf, er möchte heute nur nach Chorin zurückfahren und sei nen Herrn am nächsten Tage abholen. Johann, der in seinem langjährigen Dienst beim Amtmann Fragen und Verwundern verlernt hatte, fuhr auch gehorsam nach Chorin zurück, um sich am nächsten Tage wieder pünktlich vor dem alten Hause in der einsamen Straße ein zustellen. Wie groß war aber sein Entsetzen, als plötzlich aus der Tür, in der gestern sein Herr verschwunden war, mehrere schwarz gekleidete Männer heraustraten, die einen schwarz verhangenen Sarg in ihrer Mitte trugen. Bevor der Kutscher, der sich zuerst von einem schauerlichen Traum befangen glaubte, noch zur Besinnung kam, hatten sie schon die unheimliche Last auf seinen Wagen gehoben und ihm dabei mit barscher Stimme zugerufen: Fahr zu, Du elender Knecht eines Halunken! Es ist die letzte Fahrt, die Du mit Deinem sauberen Herrn machen wirst! Von Grausen gepackt, hieb Johann auf seine Gäule ein und jagte die Straße hinunter, ohne den Mut zu haben, sich noch ein einziges Mal umzusehen. Als man den Sarg in Chorin öffnete, fand sich in ihm die Leiche des ungetreuen Amtmanns vor, der ein großes, schwarz versiegeltes Aktenstück beilag, ungefähr des Inhalts:Für die fortgesetzten Frevel, die der Amtmann an dem geheiligten Kloster verübt, wäre dies geheime Gericht an ihm vollzogen worden, nachdem man ihn durch List zu seiner eigenen Richtstätte gelockt habe. Darunter ein Namenszug mit blutroten Federstrichen, den niemand zu entziffern vermochte.

DIE LETZTE SCHLACHT

In der Stadt Bernau lebte einst ein Postillion, der sah alles voraus. Der hat auch einen großen Krieg prophezeit; in dem würden die Menschen so selten werden wie die Störche in den fünfziger Jahren, wo ein großer Sturm sie verschlagen hatte und soviel umgekommen waren, daß man alle fünf Meilen nur einen sah; so wird Gott dann die Menschen schlagen, wie er damals seinen Gottesvogel geschlagen. Der Menschen werden so wenige werden, daß einer sich freuen wird, wenn er einen anderen Menschen zu sehen bekommt. Was aber die Schlacht selbst anbetrifft, so hat einer lauter rote Reiter am Himmel ziehen sehen, die waren so groß, daß sie im zweiten Stock zum Fenster hineinsahen. Bei Chorinchen soll endlich Friede geschlossen werden; dann wird aber die ganze preußische oder deutsche Armee unter einem Knödelbaum (Holzbirnbaum) Platz finden, so klein ist sie dann.

DAS ALTE STROMBETT

In der Gegend des Dorfes Köthen, das zwischen Neustadt-Eberswalde und Freienwalde liegt, beginnt eine lange Kette von Sees, die sich in fast gerader Richtung von Nord nach Süd durch den Wald Blumenthal nach Straußberg zu erstreckt; jedoch sind die meisten derselben nicht durch Fließe miteinander verbunden, und erst südwestlich von Straußberg gelegenen stehen mit der Spree in Verbindung. Die Höhe der Ufer dieser Seen ist ziemlich bedeutend und sie fallen meist steil zum Spiegel des Wassers ab, die Breite ihr er Täler aber beträgt fast durchgehend nur einige hundert Schritt. Diese Seen sollen, wie man allgemein in der Gegend behauptet, vor Zeiten ein fahrbares Wasser, oder wie andre sagen, ein schiffbarer Strom gewesen sein. Fischbach berichtet diese Sage ebenfalls, und zwar sagt er, es sei hier vor Alters ein Kanal gewesen, durch welchen die Oder mit der Spree verbunden worden.

Dannenberger Koboldgeschichten

Einst fuhr ein Bauer aus Dannenberg mit seinem Fuhrwerk zum Markt nach Eberswalde. Unterwegs entdeckte er im Straßengraben eine fette, weiße Henne. Vielleicht hat sie einer verloren, dachte er, stieg ab, fing das Tier ein und steckte es in einen Sack. Dann legte er sie hinter sich auf den Wagen und setzte seine Fahrt fort. Auf einmal hörte er eine Stimme ganz deutlich sagen: Stehe zu Diensten, Herr! Was soll ich dir besorgen? Kaum hatte er diese Worte vernommen, stehen auch seine Pferde plötzlich ganz still , wie gebannt, und rücken und rühren sich nicht von der Stelle. Da lief es dem Bauern eiskalt über den Rücken, er wendete und fuhr, ohne sich umzudrehen, zu der Stelle zurück, wo er die weiße Henne aufgegriffen hatte. Dort warf er sie mit dem Sack in den Graben, gab den Pferden die Peitsche und jagte in schnellstem Galopp zu seinem Hof zurück. Noch lange hörte er hinter sich her die wilden Flüche und Verwünschungen der sonderbaren Henne. Als er abends am warmen Herd sein Abenteuer erzählte, rätselte man hin und her über das seltsame Tier. Großmutter aber wußte Bescheid: Das war ein Kobold. Jemand hatte ihn am Weg ausgesetzt, um ihn loszuwerden. Dort wartete er auf einen neuen Herrn! Überhaupt hatten die Kobolde anscheinend eine Vorliebe für Dannenberg, wenn auch wohl nie mit rechtem Erfolg. Vor Jahren Haben zwei Bauersfrauen, die auf dem Anger bis spät in die Nacht hinein ihr Schwätzchen hielten, einen Kobold gesehen, wie er in feurigem Bogen über Kaffhof und Schäferei dahinflog. Aber ganz genaues wußten sie nachher nicht mehr, es ging alles viel zu schnell. Sie liefen aber am anderen Morgen zum Dorfschmied, der als sachverständig in solchen Dingen galt, weil er schon einmal einen Ziegenbock ohne Kopf auf dem Dach seiner Schmiede entdeckt hatte, und erzählten ihm ihr Erlebnis. Der Schmied gab den Frauen den Rat, das nächste Mal dem Kobold eine Handvoll Sand entgegenzuwerfen. Dann unterbreche er seinen Flug und biete ihnen seine Dienste an. Leider ist unbekannt, ob jemals auf diese Weise in Dannenberg ein Kobold gefangen wurde.

SPUK IM GAMENGRUND

Bis zu Beginn des 20. Jahrhunderts soll es im Gamengrund bei Dannenberg nicht geheuer gewesen sein. Da spukten Kälber ohne Köpfe und Tote ruhelos umher und versuchten, den Reisenden und nächtlichen Wanderern allerlei Schabernack zuzufügen. Sie lockten sie vom Wege ab in die undurchdringliche Tiefe des dunklen Waldes oder zerbrachen die Achsen und Räder des Reisewagens. Deshalb wurde der Gamengrund nach Sonnenuntergang von der Bevölkerung möglichst ganz gemieden. Mußte aber die Reise doch unumgänglich zu später Stunde angetreten werden, dann sollte sich der Wanderer im Gamengrund auf keinen Fall umschauen oder nach rechts oder links blicken. Fahren Kinder auf dem Fuhrwerk mit, so mußten sie sich platt auf den Boden legen und ihre Augen ganz fest schließen. Nur so kamen sie unbehelligt nachts durch den Gamengrund.
Einmal ließ ein Dannenberger Bauer die bekannten Vorsichtsmaßregeln außer acht. Er fuhr nachts durch den Gamengrund und schaute nach rechts und nach links aufmerksam in die Runde, konnte aber nichts Auffälliges bemerken. Da schimmerte auf einmal dicht nebe n dem Weg

ein Gewässer und lockte bei hellem Mondlicht zum nächtlichen Bad in seiner glitzernden Flut. Der Bauer stieg vom Wagen und näherte sich dem Wasser. Kaum hatte er aber seine Füße auf das vermeintliche Ufer gesetzt, versank der Strand unter ihm, und er glitt hinab in die dunkle Tiefe. Gegen Morgen rasten seine Pferde mit dem führerlosen Wagen schaumbedeckt und schweißtriefend durch das Dorf.

EINE KIEFER STEHT KOPF

Bei der Carlsburg oberhalb Falkenbergs wächst eine Kiefer auf blutrotem Sand, der nur an dieser Stelle vorkommt. Der Baum strebt in seinem Wachstum immer nach unten. Hier kam es zwischen zwei Brüdern zu blutigem Streit, wobei sich beide gegenseitig erschlugen. Seit jener Zeit ist dort der Sand rot.

DAS KIND MIT DEN KLUMPFÜSSEN

Die Frau eines Bauern in Falkenberg/Mark fühlte einst in einer Nacht ihre schwere Stunde herannahen. Da weckte sie ihren Mann. Er sollte aufstehen, um eine "weiße" Frau herbeizuholen. Sein Weg führte ihn am Friedhof vorbei. Es war gerade Mitternacht, und der Mondschein schimmerte blaß über all den stillen Hügeln mit ihren Kreuzen und Grabsteinen. Plötzlich sah er etwa 20 Schritte vor sich ein Kind in weißem Hemdchen stehen. Da grauste es ihm, er wagte es aber dann doch, näher hinzuschauen, und entdeckte, daß das Kind, ein Knabe von etwa 8 Jahren, Klumpfüße hatte. Der Kleine wandte sich nach ihm um und blickte in unendlich traurig und zugleich lächelnd an. Dann verschwand die Erscheinung, umflossen von leuchtendem Schimmer, hinter der Friedhofsmauer. Der Knabe, der in jener Nacht dem Bauern geboren wurde, kam mit Klumpfüßen zur Welt. Er ist die kurze Zeit seines Lebens immer schwächlich und krank gewesen und starb mit acht Jahren in der gleichen Nacht, in der er einst geboren wurde und sein Vater jene seltsame Erscheinung am Friedhof gehabt hatte.

UCHTENHAGEN

In der Freienwalder Gegend weiß man noch viel vom altem Uchtenhagen. Dem hat einst das ganze Land gehört, Freienwalde sowohl als auch die Insel Neuenhagen. Wie er aber zu dem Land gekommen, davon erzählen alte Schriften folgendes:
Es war einmal, heißt es, ein gar kriegerischer Ritter namens von Hagen, der lag im Kampfe mit einem von Jagow. Nun hatte aber der Kurfürst geboten, daß aller Streit rechtlich beigelegt werden solle, und gegen die Übertreter dieser Verordnung harte Strafen ausgesprochen. Als er nun erfuhr, daß der von Hagen der Anstifter dieses Streites sei, erklärte er ihn in die Acht und beraubte ihn all seiner Habe. Nun irrte dieser unstet umher, indem er sich von Räubereien ernährte, die er besonders in der Gegend von

Freienwalde, wo er seine Höhle hatte, ausübte. Nicht lange nach dieser Zeit aber traf sich's, daß der Kurfürst in einen Krieg verwickelt wurde, in welchem es auf dem sogenannten roten Felde, in der Gegend der Sonnenburger Heide, zu einer blutigen Schlacht kam, woher das Feld dann auch das rote genannt wurde. Das Heer des Kurfürsten geriet in große Bedrängnis, als plötzlich der von Hagen in schwarzer Rüstung und mit herabgelassenem Visier aus einem Dickicht mit einem Häuflein treuer Knechte hervorbrach, den Feinden in den Rücken fiel und sie in solche Verwirrung brachte, daß der Kurfürst den Sieg erfocht. Als alles vorüber war, ließ dieser deshalb den schwarzen Ritter zu sich kommen, dankte ihm für seine Hilfe und fragte nach seinem Namen. Hagen verweigerte sich jedoch ihn zu nennen, indem er sagte, der tue nichts zur Sache. Da drang auch der Kurfürst, der wohl ahnen mochte, wer er sei, nicht weiter in ihn und sagte: Damit du aber siehst, daß ich erkenntlich bin, so soll, was du mit deinem Rappen von Anfang bis zum Niedergang der Sonne umreiten kannst, dein sein, und weil du aus dem Hagen (Busch) uns zur Hilfe kamst, so sollst du forthin der Ritter "Ut dem Hagen" heißen! So soll der Name entstanden sein, nur daß man allmählich Uchtenhagen daraus gemacht hat. Am folgenden Morgen setzte sich nun Uchtenhagen mit Sonnenaufgang auf dem Schloßberge bei Freienwalde zu Pferde und ritt in Begleitung einiger Gefährten weit herum um Freienwalde bis nahe Wriezen heran, ritt, da es Sommer war, durch die seichte Oder und kam durch das Niederoderbruch hindurch gegen Abend nach Neuenhagen, welches etwa eine halbe Meile von Freienwalde entfernt liegt. Hier traf er auch dem Felde einen Schäfer an, den er fragte: Schäfer, was ist's an der Zeit? Worauf ihm dieser antwortete: Nun, die Sonne geht zur Rüste! Sogleich zog der Uchtenhagen sein Schwert, schlug dem Schäfer den Kopf ab und steckte neben dem Leichnam mit Hilfe seiner Gefährten einen großen Pfahl auf, zum Zeichen, daß er biss hierher auf seinem Ritt gekommen. Und diesen Pfahl bewahrte man noch lange auf dem Amte Neuenhagen auf. Nun baute er sich auf dem Schloßberg zwischen Freienwalde und Falkenberg eine Burg (Burg Malchow), aus der eine Menge unterirdischer Gänge führten, damit, wenn er in Bedrängnis geriete, er einen sicheren Ausweg habe; denn die Zahl seiner Feinde, die zuvor schon groß war, wurde durch die ihm unerwartet zuteil gewordene Gnade des Kurfürsten nur vermehrt. Als nun Uchtenhagen alt wurde, übernahm sein ältester Sohn, der einzige, der ihm von mehreren übriggeblieben war, die Verwaltung seiner Besitzungen. Allein auch dieser starb bald darauf und hinterließ nur einen einzigen Knaben. So waren nun der alte Uchtenhagen und sein Enkel allein von dem ganzen Geschlecht übrig, und seine Feinde suchten ihm auf mancherlei Weise anzukommen, aber sein Schloß war zu fest, da konnten sie ihm nichts anhaben, deswegen drangen sie dann in seinen Knecht, der mußte beide vergiften. Der

Alte fiel auch bald als ihr Opfer, und da war der Knabe noch übrig; dem ward eines Tages eine Birne gereicht, die war vergiftet. Nun hatte er einen Hund, den er gar sehr liebte, und mit dem er all seine Speisen teilte, dem warf er ein Stück der Birne zu, und beide starben zugleich. Dieser Augenblick, wie der Knabe die Birne in der Hand hält und der Hund liebkosend an ihm heraufspringt, ist auf einem Gemälde dargestellt, das sich noch jetzt in der Freienwalder Kirche über dem Altar befindet. Es trägt auch eine auf diese Begebenheit bezügliche Inschrift, aus der man ersieht, daß der Knabe acht und ein halbes Jahr alt war, als er starb. Der alte Uchtenhagen aber, und sein Enkel ruhen in der Gruft unter dem Altar der Freienwalder Kirche, wo man auch vor Jahren ihre bereits zu Staub zerfallenen Leichen in den Särgen gefunden hat. Auf den alten Uchtenhagen kommt auch sonst noch oft die Rede. Er hat, wie man so sagt, mehr können, als Brot essen. Namentlich kam ihm keiner im Fahren gleich, so schnell fuhr er, und er fuhr auch da, wo kein anderes Menschenkind es konnte. So lag, wo der Weg sich vom Freienwalder Brunnen in die Berge hinaufzieht, rechts eine Schlucht, die ist jetzt zugefallen, da ist Uchtenhagen oft mit vier Pferden, in die Quer gespannt, durch die Berge hindurch nach Sonnenberg gefahren; es sind aber dreiviertel Meilen in gerader Richtung. So ko nnte er auch durch die Luft fahren. Einmal fuhr er von Freienwalde über Wriezen nach Seelow, da blieb im Dorfe Hardenberg an der Turmspitze die

Teerbutte seines Wagens sitzen, die hat noch viele Jahre zum Andenken dort gehangen.

Die Markgrafen von Brandenburg und der Pommern Herzöge lagen gegen einander in langer Fehde. Einmal sollte bei Freienwalde a.O. der Entscheidungskampf geführt werden. Hie Brandeburg, hie Stettin! So klang es hüben und drüben durch die grimmigen Reiterscharen. Der Markgraf und der Herzog führten selbst ihre Mannen. Der sieg neigte sich schon den Pommern zu, die Männer drängten schon zur Flucht, der Herzog ließ den Siegesruf ertönen, indes der Markgraf immer noch auf Hilfe hoffte. Da kam sie hervor aus des Waldes Dickicht; ein schwarzer Reiter war's, ganz in Stahl getan, wild wie der leibhaftige Teufel einstürmend auf die Feinde, daß mit einem Schlage der Sieg sich wandte. Jäher Schreck hatte die Pommern ergriffen, denn sie glaubten, es sei Höllen und Gespenst erspuk, was da hinter ihnen herjagte. Aber die Märker hielten den schwarzen Reiter für den Bringer des Glücks und des Sieges und folgten seinem Befehl und vernichteten das tapfere Pommernheer. Alsbald hat der Markgraf den schwarzen Reitersmann zu sich gerufen und ihm gesagt: Öffne dein Visier, daß ich dich von Angesicht schaue und dir danke! Der Fremde tat's und da erkannte der Markgraf und alle ringsum,daß es der Edle von Jagow war, der damals geächtet im deutschen Reich umherirrte, weil er einen Verwandten des Markgrafen, der ihn ehrgekränkt, niedergestoßen hatte. Der

Markgraf stand eine Weile sinnend und ernst. Dann sagte er: Der heißt nicht Jagow, der solches an uns getan. Jagow ist längst tot. Der heißt fortan Uchtenhagen, und viel Land und Leute sollen sein Eigen werden. Der Markgraf hatte ihm den Namen verliehen, weil der schwarze Ritter plötzlich uht dem Hagen (aus dem Walde) hervorgebrochen war und so die Feinde geschlagen hatte. Auf dem Schlachtfelde erbaute sich Herr von Uchtenhagen seine stolze Bu rg. Aber das Geschlecht starb bald aus, die Burg zerstörte ein Blitz. Das "rote Land" heißt noch heute die Stätte bei Freienwalde, wo einst der heiße Kampf getobt.

Henning von Jagow, klein an Gestalt, aber hoch an Gemüt, nachdem er sich, verdient oder unverdient, die Ungnade des Markgrafen zugezogen hatte, war aus dem Lande verbannt worden. Ein Preis stand auf seinem Kopf. Jagow indessen, unwillig das Land zu verlassen, daran er hing, zog sich bis an die Oder, in die Sumpf und Waldreviere zurück, die damals die Ostgrenze des markgräflichen Besitzes bildeten, also aller Wahrscheinlichkeit nach in die Berge und Brüch der Freienwalder Gegend. Hier lebte er mit anderen Verbannten und Ausgestoßenen das Leben des Geächteten, unbekannt, namenlos, aber sicher im Schutz der Wälder. Es war ein Leben voll Kampf und Gefahr, voll Freiheit und Übermut, ähnlich dem, das uns alte Balladen und Volksgesänge als das Leben Robin Hoods, dieses unerreichten Vorbilds poetischen Wald und

Räuberlebens, geschildert haben; aber unser Jagow trug doch schwer daran, denn es zog ihn unter die Menschen und in die Nähe des Markgrafen zurück, und seine Seele trachtete mehr und mehr nach einer Gelegenheit, sich die Gunst seines Herrn, den er liebte, neu zu erwerben. Und diese Gelegenheit bot sich endlich. Es kam zu einem Kriege mit den Pommern, und um Freienwalde herum stießen die Heere des Pommernherzogs und des Markgrafen aufeinander. Man focht Mann gegen Mann, und der Sieg neigte sich schon den Pommern zu, als Jagow aus der Waldestiefe mit seinen Geächteten hervorbrach. Er faßte den Feind im Rücken, und nach tapferer Gegenwehr wandten sich die Pommern zur Flucht, der Oder zu, die jedoch nur wenige erreichten. Die Mehrzahl färbte den Boden mit ihrem Blut. Und die Stelle, wo das Blut floß, heißt bis diesen Tag das "rote Land". Jagow aber, vor den Markgrafen geführt, wurde mit dem Lande belehnt, auf dem er so glücklich gekämpft hatte, und empfing, auf daß s ein Name nicht fürder mehr an alte Zeit und den alten Groll erinnere, den Namen Uchtenhagen, weil er "Uht dem Hagen", das heißt aus dem Walde, zu seiner, des Markgrafen Rettung herbeigekommen war.

FREIENWALDER SCHLOSSBERG

Am Schloßberg zwischen Falkenberg und Freienwalde, da hat der alte Uchtenhagen vor allem gehaust, und wo man noch das Mauerwerk und die alten Keller sehen kann, da geht es spuken. Einst kamen Musikanten in der Nacht von Falkenberg, wo sie gespielt hatten, des Weges. Da sagte einer: Wollen dem alten Uchtenhagen ein Ständchen bringen. Wie sie aber das dritte Lied blasen, da kommt einer heraus und gibt ihnen ein Achtgroschenstück (eine Mark). Einmal, sagte er, sollte es ihnen geschenkt sein; aber sie sollten es nicht wieder beikommen lassen! Überhaupt ist es am Schloßberg nicht ganz richtig, da gibt es noch allerhand anderen Spuk. So ist zwischen dem Schloßberg und dem nahen Räuberberge eine Schlucht, in der läßt sich eine weiße Frau sehen, die will erlöst sein . Einst hatte es einer unternehmen wollen; er hat sie auch schon auf dem Nacken gehabt und eine Strecke den Berg hinaufgetragen. Da ist es ihm gewesen, als würde ein Baum geschlagen und fiele auf ihn. Die weiße Dame aber hat ihm alles vorhergesagt, wie es kommen würde, und da ist er ruhig weitergegangen. Nun ist aber die Schlucht hinunter ein großer Heuwagen gekommen, und wie er herangewesen, war es ihm, als würde derselbe umschlagen. Da ist er doch aus dem Wege getreten, und sofort ist alles verschwunden gewesen. Die weiße Frau soll sich aber in verschiedener Gestalt zeigen: manchmal ist sie als ein Bettler, manchmal als kleiner Junge zu den Leuten gekommen. Besonders läßt sie sich zu Johannis um zwölf Uhr sehen; dann liegt auch auf dem Schloßberge ein offener Schatz. In der Schlucht ist ein Wasser, das heißt das klingende

Fließ, in dem ist eine Glocke versunken, die man zuzeiten noch hört. Einmal war nun ein Schiffer an den Schloßberg herangefahren, damals ging nämlich das Wasser noch so weit, ehe die Chaussee erbaut wurde, da kam ein großer schwarzer Hund gelaufen und wollte mit in den Kahn. Der Schiffer wollte es anfangs nicht leiden; da hörte er aber die Glocke klingen:
Anne Susanne,
Willst du mit to Wasser oder to Lanne?
und es wurde ihm so Angst, daß er den Hund hineinließ. Der sprang auch in die Ecke vom Kahn und legte sich dort ganz still nieder; nach einem Weilchen sah aber der Schiffer, daß er wieder verschwand wie ein Schatten, und zuletzt war er ganz fort. Das war ihm denn doch zu gruselig, und er machte, daß er bald wieder Heim kam. Aber auch sonst ist es dort, wie gesagt, nicht geheuer. Früher, als die alte Straße dort entlangging, hat sich mancher da festgefahren und sich erst durch ein schweres Donnerwetter de nn ein Fluch, sagen sie ja, kann solchen Zauber vertreiben gelöst. Das kommt aber alles daher, weil der alte Uchtenhagen da sein Wesen treibt!

VERSUNKENE KAPELLE IM BAASEE

Als noch unermeßliche Wälder, von Hirschen, Rehen und wilden Ebern bevölkert, die ganze Gegend um Freienwalde bedeckten, wohnte in dieser tiefen Waldeinsamkeit ein armer Köhler, der eine einzige wunderschöne Tochter hatte.

Dieser war bei ihrer Geburt von einer Fee die wunderbare Gabe verliehen, jene geheimnisvollen Wesen, die in den Bäumen und Blumen des Waldes leben, und die man Elfen, Nymphen oder auch Dryaden nennt, schauen zu können. Ja, nicht das allein, sondern die Elfen schlossen Ilse, das Köhlermädchen, oft in ihren Kreis und spielten mit ihr. Hatten sie sie doch von Herzen lieb, da Ilse nicht nur schön, sondern auch rein und gut war. Denn die Elfen, Gnomen und anderen Waldgeister zeigen sich nur unschuldigen, guten Menschenkindern. Als Ilse etwa siebzehn Jahre alt war, lernte sie eines Tages auf ihren Spaziergängen einen jungen Ritter kennen, der auf einer Burg in der Nähe von Freienwalde zu Hause war. Die beiden wurden bald vertraulich miteinander, und das schlichte Naturkind schenkte dem fremden, glänzenden Ritter sein reines junges Herz. Bei ihren häufigen Zusammenkünften im Walde nannte der Ritter das arme Köhlermädchen seine süße Braut und schwor ihr, sobald er mündig sein werde, sie zu seinem trauten Ehegemahl zu machen. Einmal, als er ihr dies wieder unter heißen Küssen versichert hatte, sagte Ilse zu ihm: Wenn ihr es wirklich treu und aufrichtig mit mir meint, so bitte ich Euch um eins: Ihr kennt gewiß die kleine Kapelle am Ufer des Sees. Dort verrichte ich jeden Sonntagmorgen mein Gebet. Da he ute gerade auch Sonntag ist, kommt mit mir und wiederholt am Altar beim Gnadenbild der heiligen Jungfrau, was ihr mir soeben versprochen habt. Der Ritter lächelte im stillen über den seltsamen Einfall seines Mädchens. Aber da er sehr verliebt in sie war un d damals wohl deshalb seine Schwüre auch aufrichtig meinen mochte, tat er ihr den Willen. Während die Morgensonne den kleinen Kapellenraum durchflutete und das Bild der Mutter Gottes mit ihrem ersten Rosenschimmer schmückte, knieten die beiden vor dem Altar. Hier hob der Ritter seine Hand zum Eide empor, daß er seine liebe Ilse einst als seine rechtmäßige Gemahlin auf die väterliche Burg führen werde. Oft waren sie noch nach dem feierlichen Akte im Walde beisammen. Dann erzählte der Ritter seiner Liebsten, daß er eine Einladung zum Turnier nach Schloß Werbellin erhalten habe, und wahrscheinlich längere Zeit fernbleiben werde. Als er dann wiederkam, war er ein anderer geworden. Des Menschen Herz ist wandelbar. Der reiche Markgraf, der damals auf Schloß Werbellin hauste, hatte eine erwachsene Tochter. Die Väter waren befreundet und wünschten die Vermählung ihrer beiden Kinder. Doch der junge Ritter dachte voll Sorge an seinen Schwur, den er damals in unüberlegter Weise dem armen Köhlermädchen geleistet hatte. Ilse merkte bald, daß ihr Geliebter verändert war. Aber in ihrem arglosen Gemüt ahnte sie zuerst die Wahrheit nicht. Da erfuhr sie in einer stillen Frühlingsnacht, als sie es nicht daheim auf ihrem Lager geduldet hatte, von ihren treuen Waldelfen den Grund, weshalb ihr vornehmer Freund jetzt so selten kam. Er geht auf Wegen, die von den deinen fortführen, Schön Ilse! Ein reiches

Grafenfräulein wohnt nicht allzu fern von hier, die soll seine Ehegemahlin werden. Vorläufig quält ihn noch der Gedanke an dich und seinen Schwur. Aber nicht lange mehr wird es dauern, dann ist alles wie Spreu im Winde verflogen. Da weinte Ilse bitterlich. Als dies die Elfen sahen, wurden sie von Mitleid ergriffen: "Weine nicht, du gutes Kind. Sollte er wirklich seinen Schwur treulos vergessen, so werden wir dich rächen". Und der Ritter vergaß seinen Schwur. die vornehme reiche Dame hatte es ihm angetan. Ilse, das Köhlermädchen, war vergessen. Zuletzt kam er gar nicht mehr in den Wald, und dann drang zu der Verlassenen die Kunde, daß bald die Hochzeit droben auf der Burg gefeiert würde, die Hochzeit des jungen Ritters mit der Markgrafentochter vom Schloß Werbellin. An einem schwülen Sommertage, als Ilse wieder allein und traurig am Walde saß, hörte sie die Glocken der kleinen Waldkapelle läuten. Und da sie den Klängen nachging, sah sie einen großen glänzenden Hochzeitszug auf dem Wege dorthin und erkannte an der Spitze des Zuges den treulosen Liebsten in seiner blitzenden Ritterrüstung, der ihr einst vor dem Altar des Waldkirchleins ewige Treue geschworen hatte. Jetzt schritt ihm eine andere, eine vornehme, reichgeschmückte Dame, hold lächelnd zur Seite. Als Ilse dies erblickte, fuhr es wie ein scharfes, zweischneidiges Schwert durch ihr armes, verratenes Herz, und besinnungslos brach sie auf dem Waldwege zusammen. Nicht lange danach entlud sich ein heftiges Gewitter über dem See.

Unaufhörlich zuckten die Blitze und krachten schwere Donnerschläge. Schwarz wie die Nacht war der vor kurzem noch so leuchtende blaue Sommerhimmel geworden, und die Wellen des sonst so ruhigen Baasees begannen wild zu schäumen und zu tosen. Gerade als der Ritter mit seiner Braut vor den Altar der Waldkapelle trat, fuhr ein furchtbarer Blitz hernieder in bläulich leuchtendem Zickzack und traf zündend das kleine Gotteshaus. Die Flammen schlugen zum Himmel empor, dann ein gewaltiges Donnern und Krachen, und einen Augenblick später war die Kapelle mit der ganzen großen Hochzeitsgesellschaft wie vom Erdboden weggefegt. Die Fluten des Baasees, die noch immer schäumten und tosten wie aufgeregte Meereswellen, hatten sie in ihren Tiefen begraben. Auch Ilse, das Köhlermädchen, war verschwunden. Die Sage erzählt aber, daß sie nicht mit den anderen ertrunken sei, sondern, daß die treuen Waldelfen sie gerettet und zu ihrer König in gemacht hätten, nachdem ihr Menschenherz nun doch gebrochen war. Im Walde am Baasee könnt ihr sie in sternenklaren, stillen Sommernächten mit ihren lieblichen Gespielinnen den Reigen tanzen sehen. Ebenso läuten die Glocken der versunkenen Waldkapelle in solchen Nächten. Doch nur Sonntagskinder hören sie vom Grunde des Sees dumpf und klagend heraustönen.

DER TEUFELSSEE BEI FREIENWALDE

Die Herbstsonne schien mit schrägen, rötlichen Strahlen durch die hohen dunklen Kiefernwipfel, kletterte an den dicken, rissigen Stämmen herab und hüllte sie in einen leuchtenden, kupfrigen Schein.
Jetzt knackten leise ein paar trockene Zweige. Es klang, als schleiche jemand mit großer Vorsicht durch das Gebüsch. Dann brach einer die Zweige auseinander, und durch die Lücke schob sich sacht ein Mann auf den schmalen Waldpfad hinaus: Lauernd sah er sich nach allen Seiten um. Er war groß und hager, sein bärtiges Gesicht hatte er durch schwarzen Ruß völlig unkenntlich gemacht. er trug ein einfaches Wams und kurze Lederhosen, im Gürtel steckte ein langes Jagdmesser. Nicht lange brauchte der Mann zu warten, da erschien unter den Bäumen ein prächtiger Hirsch.
Wie ein Bild aus Stein saß der Mann, an den Stamm einer Kiefer gelehnt. Langsam, ohne das geringste Geräusch, hob er den Stutzen an die Wange, zielte ruhig und drückte los. Ein kurzer Knall, ein flatterndes Rauchwölkchen - der Hirsch machte ein paar Sätze zum Seeufer hin, dann brach er zusammen, und ein roter Blutstrahl färbte das grüne Moos. Plötzlich traf der Klang einer menschlichen Stimme an des Jägers Ohr. Er fuhr auf und hob blitzschnell den Stutzen empor. Seine wild funkelnden Augen hatten die Gestalt eines jungen Mannes erspäht, der, halb verdeckt von Büschen, in nächster Nähe stand. Da gellte ein Schrei durch den stillen Wald, ein Schrei voller Schrecken und Todesangst. Im selben

Augenblick ertönte auch schon der scharfe Knall der Flinte, dann war a lles wieder still.

Wie betäubt erhob sich der Junker vom Boden. Sein Blick irrte verständnislos zu dem Mann, der fassungslos auf ein junges Menschenkind blickte, das zu seinen Füßen lag. Entsetzen und Erschrecken breiteten sich über seine Züge: "Maria, du"? Er kniete neben ihr nieder und nahm ihren Kopf sanft in seine Hände. Beim Klang seiner Stimme und der zärtlichen Berührung seiner Hände schlug sie die Augen auf. Verständnislos blickte sie von einem zum anderen. Dann kam ihr plötzlich die Erinnerung, und mit angstvoller Gebärde streckte sie die Hände nach dem Junker aus.

"Ich war dem Vater heimlich gefolgt und sah, wie er auf Euch zielte. Da warf ich mich zwischen Euch und den Vater, aber er hatte schon losgedrückt, und die Kugel, die Euch zugedacht war, traf mich. Ich trag es gern für Euch, Junker Heinrich, doch meinem Vater verzeiht, auch ich hege keinen Groll gegen ihn"! Ihre Stimme wurde immer leiser und schwächer. Noch ein Blick voll unendlicher, heißer Liebe umfaßte den Junker, dann sank ihr Kopf mit den schweren schwarzen Flechten hintenüber.

Da zerriß heller Hifthornruf und frohes Pferdegewieher die Waldesstille. Flinke Rossehufe trappelten dumpf über den Waldboden, und durch das grüne Unterholz kam eine bunte Jagdgesellschaft auf die Lichtung am Waldsee zugeritten, voran ein alter, weißbärtig er Ritter, dessen scharfe graue Augen voll tiefer

Verwunderung an der Gruppe haften blieben.
"Was bedeutet das, Heinrich"? Der Junker trat zu seinem Vater und erklärte ihm mit knappen Worten den Vorfall. Des alten Ritters Antlitz überzog eine dunkle Wolke. "Du also bist es, Friedrich Billung, der seit Monaten meinem Wild nachstellt. Nun hat dich die Strafe ereilt. So schlecht also vergiltst du meine Wohltaten! Doch da dein Kind sein Leben für meinen Sohn geopfert hat, sei dir das Leben geschenkt. Aber Haus und Hof nehme ich dir. Du sollst rechtlos und heimatlos umherirren. Das Gedenken an deine Bluttat sei dir Strafe genug"!
Einen Augenblick stand Friedrich Billung gesenkten Hauptes da, regungslos. Aber keine Bitten um Gnade kam über seine Lippen. Noch einmal umfaßte sein Blick Marias leblose Gestalt, dann wandte er sich kurz um, und war in wenigen Minuten verschwunden.
Bald lagen Wald und See wieder in träumender Ruhe da. Nur die Wipfel der Bäume flüsterten geheimnisvoll, und die dunklen Wellen schlugen klagend an das sandige Ufer des Teufelssees, als weinten sie um das junge, blühende Leben, das so sinnlos geopfert wurde.

MOARE

Manch einer ist am Oderufer nachts, wenn er im tiefen Schlaf lag, von der Moare jerääden worden.
Die Moare ist ein Nachtalp, der sich Schlafenden auf die Brust setzt und mit spitzen Fingern immer

enger dessen Hals umkrallt.
Mit einem entsetzten Schrei und in Schweiß gebadet wacht man auf und das Gespenst ist weg.
Am Oderufer zwischen Saathen und Nieder-Kränig (Kranik Dolny) wurde die Moare als altes Weib lange Zeit gesehen. Zu gar manchen ist sie gekommen, hat die Zähne gefletscht und mit den knochigen Fingern gekrallt. Nacht für Nacht.
Zwei Fischer haben sie endlich vertrieben. Als sie abends an Land gingen, fanden sie die Moare im Ufergebüsch. Lange haben sie ihr zugesetzt. Plötzlich rief sie: Mudder ruapt ut Halberstadt: Lieschen kumm, und jiff de Schwiene watt. Damit verschwand sie un d ist nie mehr wiedergekommen.

HOLDE FRUGGE

Nachts vor dem heiligen Dreikönigstag mußte stets das Spinnrad leergesponnen sein, sonst verwirrte de hulde Frugge den Wocken und verunreinigte den Flachs der Lässigen. Auch sollte an dem Tage kein Fleisch, sondern nur Rüben gegessen werden, sonst füllte s ie den Frevelnden Steine in den Bauch und schuf andere Magenbeschwerden. Auch sonst war die holde Fee um diese Zeit allerorten sichtbar, um zu belohnen, oder zu bestrafen. Ein armer Besenbinder, der um diese Zeit die herumziehende holde Frau mit ihren kleinen Heemekins unweit des Lieper Feldes traf, half ihr, ein abgegangenes Karrenrad wieder anzubringen; er versah es mit neuen hölzernen

Vorsteckern. Als Erkenntlichkeit erhielt er von der Frau mit den Worten:
Hier hast du deinen Lohn,
Nun trolle dich davon!
einige feine Holzspänchen geschenkt, die er geringschätzend fortwarf. Einer davon hatte sich jedoch in seinem Stiebelschacht verkrochen, und als er diesen abends auszieht, rollt ihm ein funkelnagelneues Goldstück entgegen. Die anderen Spänchen, die er nun aufsuchen wollte, waren aber verschwunden.

KÜSELWIND

Zwischen Liepe und Pälitz (Pehlitz) ist es nicht richtig in den Bergen. Meine Mutter, berichtete die Erzählerin, fuhr einmal da entlang, da prusteten die Pferde plötzlich und schnaubten, und keine Gewalt konnte sie von der Stelle bringen. Plötzlich erhobs ich vor ihnen ein Küselwind. Da hat der Kutscher geflucht und gewettert, daß es entsetzlich war. Das aber half, denn mit einem Male zogen die Pferde an und liefen durch den Sand fort, daß der Kutscher sie kaum halten konnte. Wenn früher die Leute ausfuhren, sagte ein anderer, dann machten sie auch gegen solch ein Teufelswerk vor dem Wagen drei Kreuze, eins vor jedem Pferd und eins vor der Deichsel.

TOTER MANN

Wen der Weg einmal von Liepe aus durch den

Wald über Ewalds Hügel nach dem Parsteiner See führt, der kommt auch an einem "Toten Mann" vorbei. Vor vielen Jahren soll hier einmal ein Schweinetreiber erschlagen worden sein. Früher trieb man die Schweine von Ort zu Ort und verhandelte sie an die Bauern.

Nachdem dieser Schweinetreiber seine Ware los war, setzte er sich in den Parsteiner Dorfkrug. Dabei mag er auch wohl mit dem vereinnahmten Gelde gepraßt haben, nicht aber bedenkend, daß Knechte unter dem Fenster gestanden haben, die seinen Prahlereien ein lebhaftes Interesse schenkten. Vergebens wartete seine Frau in Liepe auf seine Rückkehr. Man fand ihn am nächsten Tage erschlagen am Waldwege, bedeckt mit losen Zweigen. Wie die Lieper erzählen, soll es heute noch nicht recht geheuer an diesem Hügel sein, ganz besonders um Mitternacht. Es soll sich dann am "Toten Mann" eine Gestalt zeigen, die allabendlich wiederkommt. Einige meinen, es sei der Geist des Mörders, der im Grabe keine Ruhe finden kann. Wieder andere sagen, der Schäfer von Pehlitzwerder sei der Mordbube gewesen, und wollen wissen, daß diese nächtliche Gestalt der Geist des Schweinetreibers selber sei, der seinem Widersacher auflauere, um ihm den Vergeltungsstoß zu geben.

SCHÄFER NEST

Zwischen Parstein und Liepe befindet sich mitten im Walde ein dunkler, tiefer kleiner See, auf dessen Wasserfläche weder noch Seerosen wachsen und blühen. Nur das Gebüsch des Ufers spiegelt sich an sonnenhellen Tagen in der dunklen Fläche.

Einmal hütete Schäfer Nest an diesem Waldsee sein Vieh. Da kam des Weges, der zum nahen Gestall führte, ein seltsamer Mann daher. Um die Waden hatte er Katzenfelle gewickelt und sein Oberkörper stak in einer braunen Hemdbluse, die mit einer dicken Schnur zusammengehalten wurde. Auf dem Kopfe trug er eine dicke Pelzmütze mitten im Sommer! Über den Rücken hing eine braune, zerkratzte Geige, über deren Steg nur noch drei Saiten liefen.

Als Schäfer Nest den eigenartigen Waldläufer sah, blickte er unausgesetzt auf den Kommenden. Der merkte bald, daß er vom Schäfer dauernd aufs Korn genommen wurde und murmelte unverständliche Worte in seinen Bart. Als der Fremde an den Schäfer herangekommen war, redete letzterer ihn an. Der Fremde schwieg. Mit seinen schwarzen Augen schien er den Fragesteller durchbohren zu wollen. Der aber wiederholte seine Frage, diesmal aber etwas lauter und barscher. Der Fremde ließ ihn aufs neue ohne Antwort.

Der Schäfer hob jetzt seinen Hirtenstab und rief ihm zu: Sag, wo du hier hin willst. Hier ist mein Revier. Ich darf hier keinen Fremdling dulden!

Wieder schwieg der Fremde. Jetzt riß er die braune, zerkratzte Geige von seinem Rücken und riß mit seinen braungebrannten Händen auf den drei Saiten herum, daß ein steinerweichendes

Getöne entstand. Der Schäfer stutzte. Wie das der Fremde sah, machte er kurz kehrt und lief davon. Wie angewurzelt blieb der Schäfer stehen und schaute dem Davonlaufenden nach. Dabei wurde seine Nase immer länger. Sie wuchs ihm um eine Armlänge aus dem Gesicht heraus. Da erscholl ein donnerartiges Getöse und der Schäfer Nest war nicht mehr zu sehen. An der Stelle aber, wo er zuvor gestanden hatte, erhob sich eine krüppelartige Kiefer, die ein Gesicht aufwies, das dem Schäfer täuschend ähnlich sah. Auch die lange Nase fehlte nicht.

WUNDERBLUME AM LIEPER DAMM

Wenn man früher von Niederfinow nach Liepe ging, benutzte man gern den Weg durch die Wiesen am Damm entlang. An diesem Damm, so erzählte man, soll einmal eine Wunderblume gestanden haben.
Es hat einmal einen Schiffer gegeben, der hatte Friede Sievertsberg geheißen. Als er wieder einmal mit einer Ladung Bretter unterwegs war, da hätte er am Lieper Damm anlegen müssen. Am Abend sei er dann in den Krug gegangen. Wie er um Mitternacht zu seinem Kahn zurückkehrte, sah er hoch auf der Bretterladung eine dürre, weiße Gestalt, die nach irgend etwas zu suchen schien. Er blieb am Ufer stehen und schaute unausgesetzt zu jener Gestalt hinüber. Es kam ihm vor, als ob die Gestalt sich in der Farbe wandelte. Aus dem klaren Weiß wurde ein blasses Gelb und als er noch eine Weile zusah,

bemerkte er, wie sich das Gelb in ein leuchtendes Blau verwandelte.

Mittlerweile war die Gestalt an das Steuer getreten und hatte es nach Osten umgedreht. Jetzt riß dem Schiffer die Geduld. Er faßte sich ein Herz und ließ einen gellenden Pfiff los. Im gleichen Augenblick war die Gestalt auf dem Kahn verschwunden. Zaghaft ging der Schiffer auf seinen Kahn. Ein paarmal lief er die Ladung ab. Nichts war zu sehen. Am nächsten Morgen tastete er noch einmal den ganzen Kahn ab. Zu seinem Schrecken gewahrte er, daß der Kahn dicht über dem Wasser an der einen Stelle einen Riß hatte.

Wochen waren ins Land gegangen, seitdem der Schiffer diese Erlebnis hatte. In einer Mußestunde suchte er noch einmal jenen Ort am Damm auf, an dem ihm damals das Gespenst entgegengetreten war. Als er an die Stelle kam, stand da eine eigenartige Blume, die dauernd ihre Farbe wechselte. Ganz eigenartig war dieses Farbenspiel.

Einem Schäfer, der vorüberkam, erzählte er von seinem Erlebnis in jener Nacht und berichtete ihm dann, wie auch damals das Gespenst seine Farben gewechselt hatte in denselben Farben, wie diese Blume, die sie hier beide vor sich sehen.

Von Stunde an wurde diese seltsame Blume im Volksmund die "Schäferblume"genannt, und nur Sonntagskindern war es vergönnt sie zu sehen. Man sagt von ihr, daß sie den Geist verkörperte, der ehemals den Schiffer vor dem Untergang gerettet hätte.

ALTARSTEIN

Zwischen dem Dorfe Lunow und dem Amt Neuendorf, irre ich nicht, so ist's gerade auf der Grenze, steht ein Granitblock von etwas geringerer Breite, der heißt Altarstein und führt die etwas verwitterte Inschrift Ao. 1602. AS. LVN., die in den Stein gehauen ist. Davon erzählt man, hier an dieser Stelle sei die Lunowsche Glocke gegossen worden, und seien dazu ein Meister und sein Lehrbursche hergekommen. Der Meister habe aber viel vergebliche Versuche gemacht, um das rechte Gemisch zu treffen, und es habe ihm immer nicht recht gelingen wollen. Da sei er fortgegangen nach Oderberg, noch etwas zur Glockenspeise herbeizuholen, und während deß habe der Lehrbursche den Guß versucht, der ihm glücklich gelungen. Als nun der Meister zurückgekehrt, habe er sich gewaltig erzürnt und in der Hitze seinen Gesellen erschlagen Darum habe man zum Andenken den Stein hierhergesetzt und auch die Geschichte darauf geschrieben, die bis heute noch kein Mensch habe entziffern können.

AUS DEM GRABE GEWACHSENE HAND

Vor vielen Jahren lebte in Lunow ein Bauer mit Namen Jakob Bertram; gewöhnlich PfälzerJakob genannt, weil seine Vorfahren zur Zeit des Großen Kurfürsten aus der Pfalz eingewandert waren. Seine Wirtschaft gehörte zu den besten im Dorfe, und in seinem Hause sowohl, als auch auf dem Felde, war alles wohlbestellt. Die Kinder Bertrams unterstützten diese in der Wirtschaft wacker. Als aber Martin, so hieß der Sohn, zwanzig Jahre alt war, hielt das Unglück in die Familie seinen Einzug. Eine böse Seuche raffte di e Mutter in kurzer Zeit hinweg, und auch Vater Bertram wurde aufs Krankenlager geworfen. Sein starker Körper widerstand zwar der Krankheit, aber seine Kraft war dahin. Seit dieser Zeit schien es, als ob der Satan von Martin Besitz ergriffen hätte; der bisher so brave und ordentliche Mensch war wie umgewandelt. Der Dorfkrug war jetzt sein liebster Aufenthaltsort, um die Wirtschaft kümmerte er sich gar nicht mehr. Alle Bitten, Ermahnungen und Warnungen seines alten Vaters und seiner Schwester waren erfolglos. Er achtete nicht im geringsten darauf und trieb es nur noch ärger. Eines Tages, als er wieder aus dem Kruge heimkehrte und sein Vater ihm daher Vorwürfe machte, stürzte er sich, ehe es seine Schwester verhindern konnte, mit geballter Faust wütend auf ihn ein, so daß der Alte betäubt zu Boden sank. " Wehe, wehe dir, Martin!" rief weinend die Schwester, "hast du denn Gottes viertes Gebot ganz vergessen! Denkst du nicht mehr an die Geschichte, welche unsere seelige Mutter uns oft erzählte, von der aus dem Grabe gewachsenen Hand des Kindes, das sich an seinem Vater vergriffen?" Martin aber verließ tobend und fluchend das Haus; er sollte es nicht mehr betreten. In der Frühe des folgenden Tages brachten Nachbarn den Jüngling tot seinen Angehörigen. Er war auf der Straße gefunden worden. Ein Herzschlag hatte seinem Leben ein frühes Ende bereitet. Der hart geprüfte alte Vater überlebte dieses Unglück nicht lange. Nach einigen Wochen wurde auch er zur ewigen Ruhe gebettet. Als nun eines Tages die Tochter auf den Kirchhof kam, um die Gräber ihrer Lieben zu pflegen, gewahrte sie dort schreckliches. Aus dem Grabe ihres Bruders ragte eine Hand empor. Entsetzt, zitternd und bleich vor Schreck, eilte sie in das nahe gelegene Pfarrhaus und berichtete das Furchtbare. Nachdem man vergeblich alles versucht hatte, die Hand unter die Erde zu bannen, wurde sie abgenommen und als warnendes Beispiel in der Kirche aufbewahrt.

HAND AUS DEM GRABE

In der Kirche zu Lunow, unweit Oderberg, wurde einst eine verdorrte Hand mit einer Rute in den Fingern aufgehängt. Sie soll einem ungeratenen Jungen gehört haben, der im Zorn seinen Vater geschlagen hatte. Als er gestorben und begraben war, entdeckte man auf dem Hügel eine Menschenhand, die aus der Erde hervorragte. Alle Dorfbewohner ergriff Entsetzen, aber sie meinten, das sei die Hand, die widernatürlich seinen eigenen Vater gezüchtigt hatte. Man versuchte sie dadurch zu beseitigen, daß man sie mit Erde bedeckte und, als das nichts half, sie mit einer Rute schlug. Aber so oft man beides auch tat, immer wieder erschien die Hand auf's neue aus dem Grabe. Da machte man endlich kurzen Prozeß, schlug sie ab, und hing sie mit einer Rute in den Fingern zum ewigen abschreckenden Beispiel in der Kirche auf.

HAUSIERER

Nach dem Tode des Bauern Y., so erzählen die alten Lunower, ereignete sich etwas ganz Furchtbares. Kurz vor seinem Tode war auf seinen Hof ein Hausierer gekommen, der Hosenriemen, Knöpfe, Spangen und auch Bilderbögen aus Neuruppin verkaufte. Der Bauer stand unter der Haustür und suchte sich Bilder aus. Dann gab er dem Händler Geld, aber es war kaum die Hälfte von dem, was jener zu verlangen hatte. Als der Mann mehr forderte, geriet der jähzornige Bauer sofort in sinnlose Wut. Wüst schimpfend machte er die Hunde los und hetzte sie auf den Hausierer. Der floh vor den Bestien, drehte sich aber um und schrie den Bauern noch an: Dich werden die Hunde noch einmal aus dem Grab kratzen!. Der Bauer ist bald darauf gestorben, und sie haben ihn an der Kirche begraben. Die Stelle kennt jeder in Lunow. Aber schon in der ersten Nacht sind Hunde gekommen und haben das Grab aufgescharrt. Am Tage warf man es wieder zu. Doch die Hunde kamen abermals. Sie kamen aus Lüdersdorf und Parstein, aus Stolzenagen und Hohensaaten. Zehn Hunde erst, dann hundert. So jede Nacht. Man hat den Sarg mit Brettern bedeckt und

Steine daraufgelegt. Es hat alles nichts geholfen. Die Tiere schlichen, schwammen und jagten von weither. Immer wieder und wieder. Bis der Spuk plötzlich aufgehört hat. Die Leute sagen im Dorf, eine Frau hätte ihn besprochen.

DREI ENGEL

Als im Jahre 1866 überall die Cholera gewesen ist, da sind auch in Lunow ein paar hundert Menschen gestorben nur in dem Teil an der Kirche, den man den "Winkel" nennt, kein einziger. Im ganzen "Winkel" hat niemand an den Tod glauben müssen, im übrigen Dorf waren es in jedem Haus zwei oder mehr. Eines nachts ist einer gegangen und hat im Mondschein auf der Dorfstraße, da wo sie zum "Winkel" führt und wo der Kirchhof liegt, drei Engel stehen sehen. Die haben den Knochenmann nicht in den "Winkel" gelassen. Aus Dankbarkeit hat man später auf das Friedhofstor drei steinerne Engel gesetzt.

LEBENDIG EINGEMAUERT

Der berüchtigte Ritter von Uchtenhagen, der sich gewöhnlich im schwarzen Loch unweit des Brunnens bei Freienwalde aufhielt, ließ sich, nachdem ihm der Kurfürst ein Stück Landes geschenkt, so groß, wie er es vom Morgen bis Abend umreiten würde, ein festes Schloß in Neuenhagen bauen und sagte dabei zu dem Baumeister, er solle es so gut bauen, als er nur immer könne, denn wenn er nicht das tue, so wolle er ihn lebendig einmauern lassen. Da hat der Baumeister auch alle seine Kunst angestrengt und ein herrliches Schloß zustande gebracht; als es nun fertig war, hat ihn Uchtenhagen gefragt, ob er's nicht hätte noch besser machen können, und dazu hat er halb im Scherz "ja!" gesagt; sogleich hat ihn Uchtenhagen greifen und einmauern lassen, und die Stelle wo das geschehen, zeigt man noch heutigen Tages.

EINGEMAUERTER KNABE

Beim Bau des Schlosses Neuenhagen, das noch verhältnismäßig gut erhalten ist, wurde einst ein Kind bei lebendigem Leibe eingemauert.
Eine arme Zigeunerin, von einer Schar halbnackter, hungriger Kinder begleitet, kam gerade um die Zeit des Baues vorüber. Der Bauherr, ein hartherziger, böser Mann, kaufte ihr das hübscheste Kind, einen etwa sechsjährigen Knaben ab, und ließ ihn dann lebendig einmauern. Das geschah, damit die Mauern ständen.
Das ermordete Kind soll noch oft in der Nacht um Neuenhagen herum erschienen, bitterlich weinend und die Händchen ringend.
Wem es erschien, den trifft meist irgend etwas Unangenehmes.

WEISSE FRAU VOM KLEINEN KREBSSEE

Vom kleinen Krebssee auf der Insel Neuenhagen

geht die Sage, daß sich dort am Johannistag um die Mittagszeit die weiße Frau zeige. Vor Jahren wanderte deshalb ein Besucher mit seinem Sohn zum See, setzte sich auf einen Hügel und wartete auf das seltsame Ereignis. Die Turmuhr von Neuenhagen schlug zwölf. Plötzlich rauscht es im nahen Rohr, und eine weiß gekleidete Gestalt tritt heraus. Wirklich die weiße Frau? Es war kein Spuk! Sommerlich gekleidet trat ein Angler aus dem Röhricht.

FEUERSPEIENDER BERG

Die Neukünkendorfer Gottesberge sollen ihren Namen deswegen haben, weil früher die Kirchenländereien, ehedem Gottesacker genannt, sich hier befunden haben sollen. Von diesem Berge weiß man Wunderdinge zu berichten. Er soll früher ein feuerspeiender Berg gewesen sein. Eine beckenartige Vertiefung auf dem höchsten Gipfel, sowie kleine, poröse Steine, die man in der Nähe des Berges findet, beweisen das. Man weiß von Erderschütterungen, die von diesem Berge ausgegangen sein sollen, und zwar bis Stendell, unweit Passow, andere wurden sogar bis Mürow und Bertikow wahrgenommen. Andere sagen die Steine rührten von einer alten Burg her, die früher den Berg krönte und dann durch eine Feuersbrunst zerstört wurde.

GOTTESBERG

Es geht die Sage, daß dieser Berg ehemals durch

einen unterirdischen Gang mit dem Kloster Pehlitzwerder später Chorin, verbunden gewesen sei.

DREIBEINIGER HASE

Mit Niederfinow ist es eine eigene Sache. Früher war mal in den Bergen altes Mauerwerk. Jetzt heißt der Ort aber Niederfinow von der Finow. Früher hatte es auch drei Märkte, die haben sie aber eingehen lassen; der eine ist dann nach Oderberg, der andere nach Freienwalde und der dritte nach Eberswalde gekommen, deshalb haben diese Städte vier.
Überhaupt gab es in Niederfinow mancherlei, was jetzt nicht mehr vorkommt. Eine Frau hatte zum Beispiel einen dreibeinigen Hasen im Keller sitzen, der butterte für sie immer des Nachts. Der Nachtwächter hat es oft gesehen, wenn er zum Kellerfenster hineinguckt. Der Hase aber hat sich nicht stören lassen, sondern nur gerufen: et kuckt, et kuckt! Der Frau ging auch nie das Geld aus. Sie hatte aber auch immer einen dicken Fuß. Als er dünner wurde, da war es auch mit ihr zu Ende. Als sie starb, da hat ihr Knecht gesehen, wie der Geist als ein feuriger Streifen zum Schornstein hinausgeflogen und zu ihrer Tochter ins Haus geflogen ist. Das war der "Drak" oder "Kobold", wie man ihn auch nennt. Manchmal hat sich übrigens auch der dreibeinige Hase in der Dorfstraße gezeigt. Einst kamen Mädchen aus der Spinnstube, es war so recht heller Mondschein. Da kam der dreibeinige Hase auf

sie zugehoppelt, daß sie alle Hals über Kopf ins Haus stürzten. Einer aber hat er noch die Zwickel an den Strümpfen zerrissen. Wie aber jemand mit einer Laterne gekommen, ist er wieder so weggehoppelt, wie er gekommen war.

HASE

Eine arme Frau in Niederfinow hatte, ohne daß jemand wußte, aus welchen Mitteln, einen Butterhandel angefangen. Die Leute von nah und fern kamen und kauften die schöne frische Butter. Oft schon hatten die Käufer gefragt: Woher kommt die schöne Butter? und Aus dem Keller von da unten hatte die Frau geantwortet. So ist es lange Zeit gegangen. Da hat der Nachtwächter einmal ein merkwürdiges Geräusch gehört, das aus dem Keller der Frau kam. Beherzt ist er näher gegangen, und wie er in das Kellerfenster hineinesehen, da entdeckte er plötzlich einen großen Hasen mit drei Beinen, der stand vor einem Butterfaß und butterte emsig. Das ist dem Nachtwächter doch so in alle Glieder gefahren, daß er eilig davonstürmte. Am anderen Morgen wußten es alle Leute, und niemand kam mehr, die Butter zu kaufen: Die ist behext meinten sie. Kurze Zeit danach ist die Frau gestorben, und als man sie aus dem Hause hinaustrug, ist auch der dreibeinige Hase durch den Schornstein auf und davon gegangen; ein richtiger "Drak" oder "Kobold", wie die alten Weiber sagten.
Weiße Frau von Niederfinow

Die hatte es besonders auf die Fischer abgesehen, denen sie in der Nacht ihre Netze zerriß. Aber nicht nur in nächtlicher Stunde trieb sie ihr Wesen, auch zur hellen Mittagszeit, meist um Johanni herum, hielt sie ihren gespenstigen Umgang. Dann war sie nic ht nur weiß, sondern auch wie eine Riesin so groß und über die Berge und Schluchten schritt sie mit Siebenmeilenstiefeln dahin. Soll es sogar fertiggebracht haben, oben auf den Baumkronen von einem Ast zum anderen zu gehen. Aber einmal ist der weißen Frau doch von zwei Fischern ein Schnippchen geschlagen worden. Die waren auch wieder auf dem Wasser mit dem Legen von Netzen beschäftigt, und der eine war schon ans Land gegangen, während der andere noch auf dem Wasser zu tun hatte. Da bemerkte der letztere im Mondschein die weiße Frau aus einer Schlucht zwischen den Bergen herabkommen, gerade auf den Kahn seines Kameraden zu. Der aber konnte die Gestalt nicht wahrnehmen, doch auf den Ruf des anderen Fischers sprang er schnell in den Kahn und stieß ab. Da ließ die weiße Frau ein gellendes Gelächter ertönen und gleich darauf war sie verschwunden. Wäre der Fischer aber nicht gleich abgefahren, dann hätte sich die weiße Frau in den Kahn gesetzt und hätte nicht nur die Netze zerrissen, sondern auch den ganzen Fischfang unmöglich gemacht.

FALSCHER WALDEMAR

Der falsche Waldemar hieß eigentlich Jakob Rehbock und war ein Müllergeselle. Er entstammte einem Liebesbund des Markgrafen Konrad mit der schönen Clothilde von Eberswalde. Clothilde zog später nach Straußberg, um Konrad ganz nahe zu sein, der ihr die Ehe versprochen hatte. In Straußberg pflegte Konrad seinen Hof zu halten.
Doch der Fürst hielt sein Wort nicht. Da versuchte die gekränkte Clothilde sich zu rächen, und drang, mit einem Dolch bewaffnet, nachts in die Straußberger Hofburg ein. Hier verfehlte sie aber in den engen Räumen das richtige Zimmer und erdolchte ihre eigene Mutter. Aus Gram wurde sie wahnsinnig und man sperrte sie in ein Kloster. Nach 15 Jahren gewann sie ihren Verstand wieder, floh aus dem Kloster und fand Schutz bei ihrem Oheim Wedigo von Plotho. Dieser hatte inzwischen ihren Sohn zu einem Müller in Hundeluft bei Zerbst an Kindes Statt übergeben. Jetzt nahm Wedigo auf Clothildes Bitten den jungen Burschen zu sich und ließ ihn gelehrt und ritterlich ausbilden. Durch manch kühne Waffentat bekannt geworden, nahm ihn schließlich sein Bruder Waldemar als Leibknappen an. Nach dem Tode seines Bruders, des Markgrafen Waldemar, und seines Oheims wurde der Bursche wieder Müller und trat bei dem Wassermüller Andreas Küpper zu Markgrafpieske bei Fürstenwalde in Arbeit. Von dort kam er in die Ragöser Mühle bei Chorin. Hier lernten ihn die Choriner Mönche kennen, die in ihm ein willfähriges Werkzeug ihrer

politischen Intrigen fanden. Von ihnen ausgerüstet, trat er dann als "falscher Waldemar" auf.
Er soll in Niederfinow begraben liegen.

SAGE VOM SCHLOSSBERG

Auf dem Schloßberg in Oderberg wohnte in alter Zeit der Ritter Duba. Er hatte dauernd Streit mit den Unterirdischen (Ungererdschken), die auf dem Teufelsberg hausten. In einem Kampf wurde der Führer der Unterirdischen schwer verletzt und in den See geworfen. Nun glaubte der Ritter endlich vor seinen Feinden Ruhe zu haben. Die Zeit verging. Ritter Duba hatte eine Tochter, die gern im Oderberger See badete. Eines Tages sah sie, wie dem Wasser ein schöner Jüngling mit einer Lyra entstieg und wunderschön sang. Der Jüngling aber war der Unterirdische, den Duba in den See hatte werfen lassen. Indem er die Tochter in sein unterseeisches Schloß zog, rächte er sich an dem Ritter.
Es wird erzählt, daß ein Sonntagskind sie an einem bestimmten Sonntag, der aber niemandem bekannt ist, um Mitternacht erretten kann.
Ritter Duba und seine Familie reisten aber aus tiefer Trauer über die verlorene Tochter in die Heimat zurück.

RITTER DUBA UND DER KOBOLD

Im Teufelsberge lebt ein Wesen, im Volksmund als Zwerg, Kobold, böser Geist und Teufel bezeichnet. Es muß wohl ein Monstrum an Bosheit, Verschlagenheit und Tücke gewesen sein, denn er fügte den Bewohnern und vor allem dem Besitzer des Schlosses, seinem Nachbarn, allerhand Schabernack zu, trieb losen Unfug, neckte und äffte den Schloßherrn Ritter Duba so, daß dieser dem teuflischen Kobold Fehde ansagte und ihm mit seinem Knappen eifrig nachstellte.

Nach langem, oft vergeblichem Bemühen gelang es endlich dem Ritter Duba, den Kobold zu verwunden, zu fangen und in der Oder zu ertränken. Er glaubte sich nun von dem Plagegeist befreit, hatte sich aber getäuscht.

An einem schönen warmen Sommertage wandelte Johanna, die liebliche Tochter des Ritters Duba, mit ihren Gespielinnen zum Oderstrom, um ein erfrischendes Bad zu nehmen. Da erschien im Wasser ein schöner Jüngling zur Harfe singend und lockte die Jungfrau in die Flut. Der Kobold, der im Fluß die Gestalt eines Jünglings angenommen hatte, zog sie in die Tiefe.

So hatte er an dem Ritter seine Rache genommen.

ODERBERGER SCHLOSSBERG

In der Neujahrsnacht 1799 auf 1800 lag ein Oderkahn am Teufelsberg. Die Schiffersleute hatten nach einem Silvestertrunk sich zur Ruhe gelegt. Bald nach Mitternacht klopfte es am Fenster der Kajüte. Der Schiffer ruft, bekam aber keine Antwort. Es klopfte zum zweiten und zum dritten Male. Der Schiffer steht auf und steigt aufs Deck. Da sieht er einen schwarzen Pudel ohne Kopf am Ufer im Schnee laufen. Von dem rätselhaften Pudel kommt der Ruf, er soll ihm folgen. Dem Schiffer wird unheimlich, er weckt den Schifferknecht. Vom Ufer her vernehmen beide die Stimme. "Komm mit! Komm mit!" Sie fassen sich ein Herz und gehen an Land. Der Pudel trabt langsam vor ihnen her und immer weiter hinauf zum Schloßberg. Auf einmal sehen die beiden aus dem Inneren des Schloßberges einen Lichtschein. Ein unterirdischer Gang öffnet sich. Der Pudel deutete ihnen, sie seien am Ziel. Es gelte, eine verzauberte Prinzessin zu erlösen. Immer nur in der Nacht der Jahrhundertwende könne das geschehen. Sie sollen durch den Gang in das unterirdische Schloß gehen, durch die erste Tür, wo der Lichtschein durchdringt, eintreten und den Tisch mitten im Raum umkippen und dabei keine Furcht zeigen. So würde die Prinzessin erlöst und sie beide reiche Leute werden. Aber sie dürften von jetzt ab kein Wort miteinander sprechen.

Der Schiffer und sein Knecht begeben sich mit Herzklopfen in den Gang und treten durch die schimmernde Tür in einen weiten erleuchteten Gang. Aber, oh Schreck! Auf dem Tisch sitzt eine riesige Kröte, so groß wie ein hockender Mensch, mit feuerspeienden Augen und langen scharfen Krallen. Wer will es wagen, den Tisch anzurühren? Weder der Schiffer noch der Knecht finden den Mut, sich dem Tische zu nähern. Aber sie wollen sich auch den Reichtum nicht entgehen lassen. Der Schiffer denkt, wenn der Knecht sich bückte, das Tischbein packte und er selbst währenddessen auf das gräßliche Ungeheuer acht gebe und dann beim Umwerfen mit Hand anlegte, so würden sie es wohl schaffen.

Schnell muß gehandelt werden! Da kommt es dem Schiffer über die Lippen: „Junge, pack an und hoch mit dem Tisch!" Da - ein gewaltiger Knall! Die beiden wissen nicht, was ihnen geschah. Plötzlich stehen sie unter dem winterlichen Sternenhimmel, draußen auf dem Schloßberge im Schnee. Die Erlösung ist ihnen nicht gelungen, denn sie hatten gesprochen. Die verzauberte Prinzessin mußte nun wieder hundert Jahre warten. Die Schiffer kehrten enttäuscht zurück.

DIE SILBERADER

Daß unser Oderstrom ehedem immer nur die „Ader", das heißt die Lebenbringende, oder die mit Leben durchdringende heißt, das war allgemein bekannt. Von dieser Ader, so segensreich und so silberhell sie auch unsere Mark, gleich einem Bande durchzieht, soll auch hier nicht die Rede sein, sondern von dem sogenannten „silbernen Männlein" des Leonhard Turneißer, der war ein kunstreicher Medikus und Goldmacher des Kurfürsten Johann Georg von Brandenburg.

Also auf dem Schlossberge vor Oderberg, oberhalb der heutigen Kolonie Teufelsberg und des holzreichen Sees, an dessen Uferbuchtungen ehedem die alte Heer- und Landstraße sich hinzog, die nun verödet die Höhe erklimmt, da weidete vor langen, langen Jahren ein armer Junge seine Schafe. Es war ein grünes und lauschiges Plätzchen, das der Kleine sich auserkoren hatte, weit weg von allen Geräuschen der werktätigen Menschheit, so duftig, so still und so träumerisch einsam. Von einem hohem Steine, von dem er weit hinab über Bergeshang, Tal, Wasser und Wiesen bis zu den blauschwarzen Berghängen der Neumark bequeme Fernsicht zu halten vermochte, saß er, während seine kleine Herde, treu bewacht von dem Hunde, um ihn her friedlich graste. So sinnend versunken kamen zu ihm Gedanken in diese traute Einsamkeit; wo der Wald so würzig duftete und traumverloren leise seine alten Lieder rauschten, ringsum der heiße Sonnenglast des frühen Sommernachmittags.

Er gedachte der verstorbenen Großmutter, die ihm daheim am warmen Ofen, im wunderlich geschnitzten Lehnstuhl sitzend, so wunderschöne, aber ebenso grauliche Geschichten zu erzählen wußte, wenn draußen wild der Wintersturm das Häuschen umtobte und die stöbernden Schneeflocken herumwirbeln machte. An jene längst entschwundenen Zeiten mußte er unwillkürlich denken, welche die Großmutter so begeisterungsvoll geschildert hatte, und diese hatte sie gleichfalls vor Jahren von ihrer Großmutter so gehört, die sie wiederum von deren Großmutter so übernommen hatte, als noch das prächtige Schloß hier droben auf dem Berge, wo er jetzt saß, gestanden; ebenso dachte er an alle die tapferen Ritter und minnigen Edelfrauen, die hier gelebt, geliebt und gelitten hatten. So hasteten seine Gedanken.

Auch die versunkenen Schätze im Berginnern, der glutrote Wein, dessen Tonnen längst zerfallen, nun von seiner eigenen, durch langes Ablagern gebildeten Haut umschlossen lag, vergaß er nicht, und schließlich mußte er an das holdselige, weiße Fräulein denken, das als letzte ihres edlen Stammes über alle diese Herrlichkeiten als Hortbewohnerin hier zu gebieten hatte.

Nachts, aber auch an schwülen Sommernachmittagen, erschien sie gern ihren Lieblingen, den armen Menschenkindern, und beschenkte sie reichlich, sofern die Empfänger reinen und kindlich-gläubigen Herzens waren, mit Geld und Gut aus ihrem unermeßlich reichen Gabenhorte.

So träumte der Junge auf seinem moosigen Steinsitze, und unbeabsichtigt lösten sich die alten Reimsprüche und Liedverse aus seinem Innern los, sie vor sich hinraunend, wie die Großmutter es immer getan. Da! Mit einem Male tat sich lautlos vor ihm die Erde auf und heraus, wie aus einer Ader quoll und floß eine blendend weiße, glitzernde Masse, die sich am Rande der Öffnung anlegte und, einem riesenhaft großen, funkelnden Tränentropfen ähnlich, über den grünen Moosteppich ergoß. Das Bürschlein erschrak heftig, es lief angsterfüllt und wortlos davon, in die Häuser am Fuße des Berges, wo er atemlos ankam und sein Erlebnis vortrug. Die Leute sagten sogleich, daß die Masse reines Silber gewesen und, sofern er nicht furchtsam Reißaus genommen, sondern zugegriffen hätte, er ein ungeheuer reicher Mann hätte werden können. Als der Junge, mit den anderen Neuigkeiten versehen, wieder beherzt zum Berge emporstieg, da war droben alles still und einsam wie zuvor, und nichts war von der Silberschlange zu entdecken. Jahraus, jahrein, saß der arme Schafhirte wohl noch manchen langen, lieben Sommertag auf der alten Stelle und leierte unablässig, in Erwartung kommenden Silbersegens, wieder und immer wieder alle seine bekannten Sprüchlein her. Aber war es nicht die rechte Zeit und Stunde, war es nicht der rechte Spruch, oder fehlte ihm die erforderliche Andacht und Weihe, genug - die Silberader wollte ihm nicht mehr fließen. Der Ärmste hatte unwiederbringlich seine glückliche Stunde ungenutzt verstreichen lassen.

WALTER DER MUSIKANT

Walter war ein armer, aber tüchtiger Musikant, gesucht und geschätzt im ganzen Choriner Klosterbezirk. Der strich seine Fidel, daß daran sein Patron St. Valentin eine wahre Freude gehabt, wenn allen Mädchen und Burschen der Takt nur so in die Beine fuhr. Er wußte auch manch traurige und ernste Volksweise so recht aus Herzensgrund zum Ausdruck zu bringen, manch schönes Lied vom Wald und seinem Rauschen, von der Liebe, Lust und Leid, und von dem stolzen, weißen Fräulein auf dem Schlossberge hausend, und vieles Andere mehr und merkwürdig. Solches traurige Zeug spielte er viel lieber, als die Tänze und Gassenhauer, so die Anderen gern mochten. Es war eben etwas mehr in ihm, als ein elender Fidelstreicher und so hätte aus ihm auch mehr werden können, wenn er nicht sein kümmerlich Brod auf Austkösten, Erntebieren, Kirmessen und anderen Tanzlustbarkeiten hätte sauer verdienen müssen.

So geschah es in einer schönen, stillen Sommernacht am zweiten Pfingstfeiertage, als der Tanz in Liepe zu Ende war, zu dem er aufgespielt hatte. Da ging Walter mit zween Kameraden heim. Als sie am Schlossberge vorüberkamen, beschlossen sie erst noch hinauf zu steigen und sich droben vom weißen Fräulein Gold und Wein zu holen, denn in diesen Nächten war sie denen, die kühn sie besuchten, gnädig und beschenkte sie gütig mit ihren Gaben. Das wußten die drei gar wohl und da sie arm, jung und kühn obendrein waren, stiegen sie mutig den Berg hinan, geraden Stegs auf die alte Burg zu, die im Mondlicht flimmernd die Schlucht herabglänzte. Je näher sie dem verfallenen Gemäuer kamen, desto furchtsamer und ängstlicher wurden die beiden Gefährten des Walter, denn die alte Ruine schimmerte ihnen so gespenstisch und unheimlich entgegen. Aus den Fensterhöhlen lugten drohend alte, bärtige Gesichter und es funkelte ab und zu wie lichter

Kerzenschein. Durch die düsteren Föhren und Wacholderbüsche der Berghöhe strich seufzend und klagend der laue Nachtwind, sodaß sie geisterhaft rauschten und wisperten. Ängstlich hallten die Schritte der Wanderer in der nächtlichen Waldeinsamkeit wider und ihre Schatten zogen so sonderbar, gleich gespenstischen Begleitern neben ihnen her, daß der Mut der beiden Burschen immer geringer wurde, bis eine auftummelnde Eule mit ihren Glotzaugen sie in Furcht und Grausen den Hohlweg hinabstolpern machte. Walter, von innerem Drang getrieben, schritt allein und unerschrocken dem alten Gemäuer zu und trat furchtlos in den Hof der Burgruine ein. Aber wie geblendet stand er da, als er den ganzen Raum wie von tausend Lichtern prächtig erhellt, und ringsum in luftiger Halle reich geschmückte Ritter und Edelfrauen in altertümlicher, verschollener Tracht an reich bestellten Tischen sitzen sah. Doch faßte er sich bald wieder, zog schnell seine bescheidene Geige hervor, und spielte den seltsamen Gästen eine herzerfreuende, muntere Weise vor, sodaß alle sich nach dem fremden Spieler umschauten und ihm freundlich zunickten. Als er geendet hatte, da trat mitten aus den Gestalten das weiße Fräulein hervor, das er bis dahin nicht bemerkt hatte. Den weißen, wallenden Schleier, der sie sonst umhüllte, hatte sie zurückgeschlagen, sodaß der laue Nachtwind mit ihm spielte, und in der Hand trug sie auf silberner Platte einen herrlichen Becher voll funkelnden, duftigen

Weins, während um den Becher herum es von edlen Steinen glitzerte, daß der arme Musikant sich kaum in dieses Geflimmer mit seinen Augen hineinwagte. Den Becher kredenzte sie lächelnd dem Musikanten und schaute ihn süß und sinnverwirrend an, mit ihren tiefen, dunklen Zauberaugen. Ein schönes göttliches Weib wie Walter noch keins gesehen hatte. Der aber ergriff hastig den dargebotenen Becher und trank ihn in langen, durstigen Zügen bis auf den Grund leer, dann setzte er ihn, sich tief neigend, wieder auf die silberne Platte nieder.

Da - mit einem Male ward es in ihm hell, durch seine Glieder rieselte nie gekannte Glut und Kraft und Feuer. Es war etwas in ihm erwacht, daß bis jetzt nicht in ihm gewesen war; es war ihm, als hatte er Flügel an seinem Leibe und brauche sich nur aufzuschwingen, um mittenhinein in den leuchtenden, blauen Nachthimmel zu fliegen. Auf seine Augen aber legte sich zugleich ein düsterer Schleier: Glanz, Pracht, Gestalten und Lichter um ihn herum verschwanden und zerflossen. Nur noch die wunderbaren, schönheitssiegenden Augen des weißen Fräuleins sah er und hörte um sich ein ganzes Reich von Klängen, Liedern und Melodien. Seine Sinne verwirrten sich, sein Kopf brannte ihm, ringsum drehte und schwang sich alles in rastlosem, wirren Wirbeltanze, bis er bewusstlos und betäubt nieder sank, auf den weichen, grünen Moosboden des Berges.

Als er erwachte, war es schon helllichter Tag. Die Strahlen der Morgensonne schossen rosig über die Berge und ein kühler Wind vom See her wehte erquickend um seine heiße, pochende Stirn, daß er geträumt zu haben vermeinte. Allein, neben ihm stand die silberne Schale, aus der er in vergangener Nacht so süß getrunken hatte und auf ihr lagen funkelnde Münzen als sein Spielmannssold. In ihm aber war alles ganz anders geworden; der Wald rauschte so seltsam und heimlich, wie ein alter, trauter Bekannter, sein Herz war ihm so leicht und froh und doch auch wieder so schwer und voll, daß es ihm fast zu springen drohte. Auch seine Geige hatte einen ganz anderen Ton: so zart und doch so gewaltig, so rein und voll, daß er gar nicht glauben konnte, es sei noch dasselbe schlechte Ding wie gestern. Dazu lag die schöne Ferne so goldig und lockend vor dem Erwachenden, und in seinem Herzen fühlte er über Nacht ein unbezwingbares Sehnen rege geworden, nach der weiten Welt und nach frohem, fröhlichem Schweifen und Wandern.

Da zog denn Walter nicht wieder in sein Heimattal und sein Städtchen zurück, sondern wanderte sorglos hinein in die weite Welt, und strich seine Fidel von Dorf zu Dorf, von Stadt zu Stadt, so schön, daß alle ihn gern hörten. Ihm selbst aber ward es, je weiter er von der Heimat war, immer öder und leerer im Herzen, das Treiben der Menschen schien ihm schal und ekelte ihn an, alles war und blieb ihm einsam, wohin er auch wanderte. Dann sehnte er sich wieder nach seinem Heimatstädtchen, nach dem Waldesrauschen, nach den ernsten, dunklen Forsten mit den blauen Seenaugen und nach dem

Berge, wo nachts das weiße Fräulein wandelt, das ihm in lieblicher Maiennacht Wein und Gold gespendet hatte und ihm nun nicht wieder aus Herz und Sinnen kommen wollte. Nur der Wein konnte sein schlimmbewegtes, sehnendes Herz zur Ruhe bringen und ihn hinwegheben über alle Erdensorge und Herzeleid. Der trug ihn auf Flügeln der Sehnsucht über Berg und Tal, über Wald und Feld. Da sah er sie wieder - und das alte Berggemäuer, den nachtstillen Wald und das herrliche Geisterweib, mit ihren tiefen, verzauberten Augen. Denn der Glanz dieser Augen stand immer vor seiner Seele, immer fühlte er sie auf sich ruhen - und konnte ihrer nicht entfliehen, selbst wenn er bis an das Ende der Welt gezogen wäre.

Ja, er fühlte es, und immer klarer ward es ihm, der Wein des Fräuleins hatte es ihm angetan. Was geheimnisvoll mächtiger Liebestrank, daß er sich verzehrend sehnte nach der Holden, die ihm in stiller Mondennacht einst den Zauberbecher kredenzt hatte und ihn nicht eher Ruhe finden ließ, bis er sich aufmachte um wieder heimzuziehen. Da wanderte er manchen lieben, langen Tag in den herrlichen Lenz hinein, bis er endlich an der Landstraße, im verglimmenden Dämmerlicht des Abends, den Bergkegel des Schlossberges herübergrüßen sah. Unverweilt stieg er zu dessen gespenstischen Höhe hinauf.

Nur noch einmal wollte er sie, die sein Herz erfüllte, sehen um die heiß ersehnte Ruhe zu finden, und eine leise Ahnung verhieß ihm Gewährung. Müde, mit klopfenden Pulsen trat er in den dämmerigen Kreis des Gemäuers ein, und obgleich er spähte und wartete, sah er sie nicht, nach der sein stürmisch wogendes und krankes Herz verlangte. Da legte er sich schließlich bekümmerten Mutes wieder in das weiche Moos und nicht lange ließ der Schlummer, den die Heimaterde dem Ruhelosen wohltätig spendete, auf sich warten.

Im gaukelnden Traum erschien ihm das weiße Fräulein; ebenso schön, wie in der Nacht, da sie ihm den Erkenntnis- und Wissenstrank gereicht hatte. Als sie des müden Schläfers gewahrte, lächelte sie still, als wollte sie sagen: „Kommst du endlich, du armer, müder Gesell, von deinem Erdenwallen mit deinem hochstrebendem Herzen? Lange warst du auf irrender Fahrt und längst habe ich dich erwartet. Nun aber ruhe aus in meinem Walde und in meinem Frieden!" Leise trat sie zu dem Schlummernden heran, breitete segnend und Abschied nehmend ihre Hand über den armen, wegmüden Musikanten und schritt langsam, immer dem Schläfer winkend, aus dem öden Gemäuer hinaus…

Walter ist nicht wieder aus Traum und Schlummer erwacht. Früh am Morgen fanden ihn Leute am Fuße des Berges, friedlich zum ewigen Schlummer eingegangen. Er hatte endlich gefunden, wonach sein himmelstürmendes Herz ein Leben lang sich gesehnt: Ruhe und Frieden im Schoße der Heimat!

HEIDENKIRCHHOF AM PLAGESEE

In alten Zeiten stand auf dem Schloßberge bei Oderberg eine feste Burg, deren Besitzer ein bildschönes Töchterlein sein eigen nannte, das manchen Rittersmann zu heißer Minne entflammte. Auch dem Sohne des stolzen Burgherren auf der Feste Hohenfinow hatte es die holde Maid angetan, und beide hatten sich heimlich ihrer Liebe versichert. Doch leider schien für die Liebenden das Ziel unerreichbar, da die Väter in grimmiger Fehde lagen. So beschloß denn der junge Ritter, da die Erfüllung seines Herzenswunsches auf friedlichem Wege unmöglich war, mit Gewalt das holde Burgfräulein zu erringen, und zog mit seinen kampfbewährten Knappen der Burg des Oderberger Schloßherren zu. Diesem war aber die Kunde geworden, von dem Herannahen der feindlichen Reiterschar; er legte sich mit seinen Mannen in den Hinterhalt, und als der nichtsahnende Feind nahe genug war, da stürzten die Oderberger aus ihrem Versteck hervor. In gewaltigem Ringen und heißem Kampf, Mann gegen Mann, gewannen sie die Oberhand; die ganze feindliche Schar wurde niedergemacht und an der Stätte des Kampfes begraben, die seitdem den Namen "Heidenkirchhof" führt.

PRINZESSIN VOM SCHLOSSBERG

Es war einmal eine junge schöne Prinzessin; sie war so voller Anmut und Schönheit, daß ihr Anblick alle Menschen bezauberte. Aber nicht nur die jungen Männer, die ihre leuchtenden

Augen trafen, waren so ergriffen, sondern auch die jungen Mädchen, die sich ihr nahten, waren von ihrem Antlitz, ihrer Güte und Liebe hingerissen. Diese schöne Jungfrau wohnte bei ihren Eltern, den Edlen von Oderberg, auf dem Schloßberg im Walde.

Sie stieg nur selten hernieder, sonst ging sie einsam ihres Wegs. Am liebsten hielt sie sich auf dem Duwelberge auf, wo sie auf vorgetretener Spitze saß und Umschau nach allen Seiten hielt. Dort beobachtete sie gern die Fischer und Schiffer auf dem See, ihr Bewegen, Hantieren und Schaffen. Die Fischer und Schiffer aber jauchzten auf, wenn sie die Feengestalt auf der Klippe sahen, die ihnen im Glanze der Morgen oder Abendsonne so wundersam, ja überirdisch erschien, daß sie in der Jungfrau ihren Schutzgeist sahen, der ihnen Kraft zu ihren schweren Arbeiten verlieh und somit den Erfolg ihres Handelns segnete. Alle lobten und priesen, verehrten und besangen das holde Wesen. Alle freuten sich ihres Anblicks, waren gerührt von dem unvergleichlichen Zauber ihrer Erscheinung und waren ihr zugetan, mit allen Fasern ihres Seins.

Wie der Sonne wärmende Strahl,
wie der Glanz der silbernen Sterne,
grüßt die Feengestalt in das Tal.
Segen spendet weit in die Ferne.

Plötzlich erschien die Prinzessin nicht mehr auf den Klippen. Vergeblich warteten die Menschen Tage und Tage, Wochen um Wochen auf ihr Kommen. Nirgends war sie zu sehen, nirgends zu

finden, nirgends eine Nachricht zu erhalten von ihr.
Da hub ein großes Klagen an, die Sonne verfinsterte sich und der Sturm stimmte mit ein, in den Klagegesang. Das Wasser war aufgeregt und schlug hohe Wellen, daß sie schäumten, auch über die Ufer wollten, als wollten sie ein Kleinod auf das Land zurückbringen. Aber es geschah nichts. Alles Hoffen auf die Wiederkehr der Prinzessin blieb vergeblich. Der See hatte seine wertvolle Beute erfaßt und dem ihn beherrschenden Strom übergeben, der sie weiterführte. Jahrhunderte hindurch murmelten die Wellen die alten Lieder der Freude, wenn sich die Klippen des Duwelberges im Wasser widerspiegeln, und die Lieder der Klage, wenn sich der Himmel verdüsterte und einen schwarzen Schatten auf den See legte. So mancher junge Fischer ist der Prinzessin in die Fluten gefolgt, ohne sie wiederzusehen. Und seitdem fordert das nasse Element einmal hier, einmal dort ein Opfer.

DER WEISSE RABE

Als während des Dreißigjährigen Krieges das furchtbare Sterben in Oderberg herrschte (die Pest) und die Menschen zu Hunderten hinweggerafft wurden, da kam in die allgemeine Verzweiflung ein weißer Rabe von Norden her geflogen, der setzte sich auf diesen Berg und schrie, daß man es weithin hörte:
Ist die Krankheit noch so schnell, heilt sie doch

die Pimpinell!
Mit dem Genuß der Pimpinellenwurzel wurde dann dem Sterben hier Einhalt geboten. Der Berg hieß fortan der Pimpinellenberg.

SCHÄTZE IM TEUFELSBERG

Zwischen Liepe und Oderberg liegt der Blocksberg, der Teufelsberg und der Schloßberg. In der Schlucht zwischen beiden letzteren ist es nicht ganz richtig, dort soll oft Geld brennen. Andere sagen, es sei am Blocksberg. Dort kam einmal ein Fischer aus Niederfinow des Abends vorübergefahren, denn die von Niederfinow hatten früher die Fischereigerechtigkeit auf dem Lieper See, und ehe die neuen Verwallungen gemacht wurden, ging das Wasser bis in die Berge. Er hatte seinen Kahn gerade ans Land gestoßen, da kam ein Mann auf ihn zu und sagte, er solle ihm folgen, er solle sich Geld holen. Andere sagen, dies sei nicht zufällig geschehen, sondern es hätte den Fischer eine Stimme dorthin gerufen. Wie er nun von dem Kahn an dem Manne so hinaufsah, bemerkte er, daß er gerade dicht unter dem Teufelsberge angefahren sei, und es wurde ihm ängstlich ganz zumute; dennoch faßte er sich ein Herz und folgte dem Manne. Dieser führte ihn nun nach der Schlucht; da standen lauter Fässer mit Gold, davon hieß ihn der Mann eins nehmen und verschwand. Der Fischer trug sich eine Tonne in den Kahn; weil er aber habgierig war, dachte er: der Mann ist fort, hole ich mir noch eine. Wie er nun mit der zweiten nach seinem Kahne kam, war die erste fort. Weil er nun diese nicht verschmerzen wollte, machte er sich noch einmal auf den Weg und holte sich eine dritte; aber als er zum Kahn kam, war die zweite fort.

Da wurde ihm doch gar zu bange, und er machte, daß er fortkam. Wie er abstieß, saß der schwarze Mann am Ende. Der Fischer faßte sich ein Herz und ruderte, was er konnte, nach Hause. Als er dort ankam, drehte er den Kahn um, so daß die Spitze, wo der schwarze Mann saß, hinaus ins Wasser zeigte. Das tun die Fischer öfter, um sogleich wieder abstoßen zu können. „Das ist dein Glück gewesen", sagte der Mann, „daß du mich nicht zuerst ans Land gefahren! Weil du aber so habgierig gewesen, hast du statt Gold und Silber, was in der ersten und zweiten Tonne war, in deiner jetzt nur Kupfer." Und so war es auch. Vom Teufelsberg, der oben sehr steil ist, sagt man übrigens, wer hinaufkomme "ungewaschen", der könne nicht wieder hinunter, bis man einen Sechser für ihn hingelegt hätte.

Schatz im Teufelsberg

Vor langer Zeit tauchte eines Tages unter dem Küchenherd eines Böttchers in der Angermünder Straße ein kleines graues Männlein hervor und forderte den erschrockenen Meister auf, sein Werkzeug zu nehmen und ihm zu folgen. Es solle sein Schaden nicht sein. In einem Fischerkahn fuhren beide bis zum Teufelsberg. Nachdem sie ein Stück den Berg hinangestiegen waren, führte das Männlein den Böttcher durch einen im Gestrüpp verborgenen Eingang in das

Innere des Berges. Hier sah der erstaunte Böttcher in einer großen Halle viele Fässer mit Gold. An einem Faß sollte der geplatzte Reifen ausgebessert werden. Nach getaner Arbeit durfte sich der Meister die Taschen mit Gold füllen. Sich den Eingang merkend, bestieg er seinen Kahn, leerte die Taschen aus, um sie noch einmal zu füllen.

Als er wieder zum Kahn kam, war das Gold darin zu Blei geworden. Ärgerlich kehrte der Böttcher wieder um und füllte sich abermals die Taschen. Und wieder fand er Blei statt Gold im Kahn. Nichts Gutes ahnend, stieß er schnell vom Ufer ab. Schwefelgestank ließ ihn aufblicken.

Dem Meister blieb fast das Herz stehen. Auf der Kahnspitze saß grinsend der Teufel. Außer sich vor Angst, ruderte der Böttcher der Stadt zu. Am Ufer drehte er plötzlich den Kahn herum, sodaß er schnell an Land springen konnte. Nun konnte ihm der Böse nichts mehr anhaben. Seitdem fahren die Oderberger stets mit dem hinteren Steven ans Ufer.

SCHATZ IM DUWELBERG

Lange, lange Zeit war vergangen, da kam ein stattlicher Prinz aus dem Thüringer Lande gereist, der ging mit einer Wünschelrute über die Höhen, durch die Schluchten und Täler und suchte nach edlen Metallen, wie sie sich in den Bergen seiner Heimat fanden. Die Mutungen des Prinzen müssen einen Erfolg verheißen haben, denn er baute in einer Senkung des Berges eine

Hütte, die gut geschützt war, und wohnte darin. Niemandem war es vergönnt, seinen Unterkunftsraum zu erspähen, oder gar sein Tun und Treiben zu beobachten. Alles, was den Prinzen umgab, blieb ein tiefes Geheimnis für die anderen Menschen, und je geheimnisvoller ihnen das Wesen des seltsamen Mannes vorkam, um so wißbegieriger wurden sie. Aber nichts konnten sie ermitteln, nichts erraten oder gar sehen. Nur die Heinzelmännchen, die des Nachts durch die Gegend pirschten, und die Graumännchen, die Tag und Nacht dort Wache hielten, schienen etwas von den Geheimnissen zu wissen. Aber sie verrieten nichts, denn das würde ein Unglück bedeuten.

Da kam eines Nachts ein junger Fischer mit seinem Kahn von Niederfinow gefahren. Er steuerte das Ufer an, weil dort ein Graumännchen stand, das dem Fischer verheißungsvolle Zeichen gab. Beide gingen die Schlucht hinauf. Der Fischer aber hatte den verborgenen Pfad, der auf den geheimnisvollen Duwelberg führte entdeckt, und sich, als das Graumännchen verschwunden war, dorthin geschlichen.

Wie erstaunt war er, als er viele, viele kleine Tonnen mit gleißendem Metalle sah, das der Prinz der Erde entnommen, hier geschürft hatte. Bestürzt sah sich der Fischer nach allen Seiten um; niemand regte sich, niemand war zu sehen. Da nahm er eine Tonne und trug sie hinunter in seinen Kahn. Erfreut über das wertvolle Metall, versuchte er einen zweiten Raub, mußte aber bei seiner Rückkehr zu seinem Erstaunen feststellen,

daß die erste Tonne verschwunden war. Darauf wagte er noch einen dritten Gang zu den Schätzen. Doch als er nun mit seiner Beute in den Kahn zurückkehrte und abstieß, packte ihn das Entsetzen. Auf der vorderen Spitze seines Kahnes lugte eine teuflische Gestalt, die ihn mit großen feurigen Augen anstarrte, daß er kaum zu rudern vermochte. Doch schließlich fand er seine Kräfte wieder und beherzt, immer das zottige, teuflische Gespenst im Auge behaltend, fuhr er nach Hause. Dort angelangt, drehte er nach alter Fischergewohnheit den Kahn so, daß das Kahnhaupt, auf dem der unheimliche Geselle saß, in das Wasser ragte. „Das war dein Glück!", hauchte ihn das Ungeheuer an, als es aus dem Kahn ging, „daß du mich nicht zuerst ans Land gebracht hast. Weil du aber habgierig gewesen bist, so sollst du statt des Goldes und Silbers, das die beiden ersten Fässer enthielten, nur Kupfer haben!" Und so geschah es auch, denn in der Tonne, die dem Fischer verblieben war, befand sich tatsächlich nur Kupfer. Die Begegnung mit dem teuflischen Ungeheuer stand dem Fischer Zeit seines Lebens vor Augen. Immer wieder mußte er daran denken, und die anderen Leute, die es hörten, konnten es auch nicht vergessen.
Seitdem das Teufelsgespenst hier erschienen ist, heißt der Berg Teufelsberg. So ist aus dem Duwel = Doppelberg der Teufelsberg geworden.
Im Volksmunde aber heißt es bis in die jüngste Zeit, daß am Schloßberg zuweilen noch nachts die Geister umgehen, weshalb man sich niemals zur Nachtzeit dort aufhalten sollte.

Und auf dem Teufelsberg hat man zu gewissen Zeiten beim Tagesgrauen, in Mondschein- und Neujahrsnächten die Schatzgräber herumschleichen sehen, die hier das sagenhafte Goldland Ophir zu entdecken glaubten. Es sollen dort die Ungererdschen die Unterirdischen hausen, und in der Schlucht soll oft Geld brennen. Aber die Heinzelmännchen, die sich hier zuhause fühlen und sehr oft wiederkehrten, sorgen zu allen Zeiten für Ordnung. Und die Graumännchen, die es oft hierher zieht, um die Heinzelmännchen abzulösen, halten in der Schlucht Wache, damit niemand ein Leid widerfahre.

WENDENBURG

Vor alter Zeit, als noch nicht das Christentum im Lande war, erhob sich auf einem Bergvorsprung, der weit ins Oderbruch hineinragte, eine alte, hohe Burg der Wenden. Starke Mauern, hoch aufgetürmt von rohen Feldsteinen, umgaben sie. Schutz gewährte auf der einen Seite die Oder, die unmittelbar am Fuß des Berges vorbeifloß, auf der anderen ein breiter Graben, den einst die Ahnen schufen. Der einzige Zugang zur Burg war eine gewaltige Zugbrücke. Ringsum rauschten hundertjährige Eichen und Eschen. Herren der Burg waren Wendenfürsten aus altem Geschlecht. In der Feste lagen ungeheure Schätze angehäuft. Von Silber und Gold glänzten und gleißten die Gemächer, Hallen und Höfe. Bekannt im ganzen Lande war die Burg durch eine ungeheuer lange Kegelbahn Hier spielten und zechten die Wendenrecken, wenn sie aus grimmigem Kampfe als Sieger heimkehrten, wenn dem Fürsten ein Nachfolger geboren war, oder den Göttern ein Festopfer dargebracht wurde. Von allen Burgen und Schlössern des Landes kamen die Herren und Grafen zusammen, zur Burg ihres Fürsten an den Ufern des alten Oderstroms. Spiel und Trunk liebten sie ja alle. Und dann ging's hoch her. Silbern war die ganze Kegelbahn; Kegel und Kugeln waren aus schwerem, reinem Golde. Die Kugeln schwangen die Helden in die Luft und schleuderten sie mit gewaltiger Kraft die silberne Bahn entlang, daß die Halle erdröhnte. Nun war es Sitte, daß die Gäste sich selbst die Kegeljungen mitbrachten.

Sie griffen, wenn sie in später Stunde fuhren, flugs einen Bauern auf, den sie am Wege trafen und schleppten ihn mit zur Burg; er mußte gute Mine zum bösen Spiel machen, sonst kostete es ihn das Leben. Er bekam in der Burg einen mächtigen Humpen Met vorgesetzt und mußte nun bis zum Morgengrauen den Recken die Kegel aufbauen. Tat er es redlich und ohne in Schlaf zu sinken, so durfte er am nächsten Morgen unbehelligt zum Heimatdorf ziehen und bekam zum Lohn eine goldene Kugel. Schlief er aber bei seiner Arbeit ein, oder sank er berauscht zu Boden, so packten ihn die stolzen Wenden und stürzten ihn von den Bergzinnen kopfüber in den brausenden Strom.

So hatten die Fürsten einstmals einen kecken Bauern aufgegriffen und zur Burg geschleppt. Er stellte ihnen auch vorsorglich die Kegel auf, doch er trank zuviel, es bestach ihn der Glanz, es wuchs ihm der Mut, schnell nahm er eine Kugel und legte sie ungesehen zur Seite, um einen Augenblick zur Flucht abzupassen. Die Fürsten gerieten beim Spiel in Streit, dem Bauern gelang es, sich fortzuschleichen.

Als die Recken nun weiterspielen wollten, da fehlte der Kegeljunge. Man rief, lärmte, fluchte, man suchte ihn, er war nirgends zu finden - er war entflohen. Einige warfen sich aufs Roß, doch sie trafen ihn nicht. Sie sannen alle auf Rache. Nicht wußten sie, wer der Bauer war, noch woher er stammte. Also machten sie einen Zauber und sprachen einen Bann über ihn aus.

Wenn er gestorben sei, und man seinen Sarg hinaustrüge, dann solle am Dorfrain der Sarg den Trägern entgleiten, die Erde solle sich öffnen und ihn verschlingen, und seine Seele solle in die Tiefen der Erde verbannt sein. Und so geschah es; das war der Wenden Rache.

Der Kegeljunge war ein Gastwirt gewesen. Seit der Zeit, wo sich dies abgespielt, lastete ein Fluch auf dem Hause; oft ist es abgebrannt, oder vom Blitz getroffen worden. Und wer als wohlhabender Mann dort einzog, ging immer als armer Wicht hinaus.

So ist's auch heute noch, das Volk erzählt's:
Unglück hat im Sold,
Ungerechtes Gold!

PFANNENSTEIN

In dem großen Walde zwischen Oderberg und Brodowin lag ehemals ein großer Stein, der hieß der Pfannenstein. An dem trieb alle Morgen ein Hirt mit einer Herde vorüber und fand regelmäßig neun Pfennige auf dem Steine liegen. Mal aber war er krank und schickte drum einen anderen auf die Weide, der noch ein junger und übermütiger Bursche war, und sagte ihm, er solle sich auch die neun Pfennige holen. Als der nun mit der Herde an den Stein kam, sah er sich vergeblich nach dem Gelde um, und setzte sich darum mißmutig auf den Stein und verunreinigte ihn. Aber kaum hatte er sich hingesetzt, so bekam er ein paar Maulschellen von unsichtbarer Hand, daß ihm Hören und Sehen verging und er nur eilte, so schnell als möglich, fortzukommen. Seit der Zeit aber haben nie wieder neun Pfennige auf dem Stein gelegen.

OTTERSTEIN

Unter dem Otterstein, am Neuendorfer Wege bei Oderberg, soll der Otterkönig seinen Palast haben. Manche wollen den Otterkönig samt seiner goldenen Krone selbst gesehen haben. Das Krönlein könne man gewinnen, wenn zu heller Mittagssonne an gewissen Tagen ein schneeweißes Tuch beim Otterstein ausgebreitet werde, auf dem der Otterkönig sein goldenes Krönlein legen muß. Wer dann schnell zugreift und dann auch hurtig entspringen kann, bis die Neuendorfer Glocke schlägt, dem könnte es damit glücken. Ein Ritter versuchte es, er saß schon mit dem Tuch und dem Krönlein wieder zu Pferde, als der Otterkönig den Raub gewahrt und laut klagend pfiff, worauf von allen Seiten Otter wütend herbeizischten, die das Pferd und den Reiter so arg bedrängten, daß der Ritter das Krönlein fahren lassen mußte. Der Ritter ist darauf in Siechtum verfallen und bald gestorben.

EWALDS HÜGEL

Nordwestlich von Oderberg, auf dem Wege zum Forsthaus Breitefenn, befindet sich Ewalds Hügel. Der Sage nach soll hier ein Förster von Wilddieben erschlagen und begraben worden sein. In der Geisterstunde wollen Leute, die vorübergingen, den Hund des Försters gesehen haben, der allnächtlich in dieser Gegend seinen Herren sucht.

KNÄUEL DEDS GRAUMÄNNCHENS

Eine merkwürdige Begebenheit widerfuhr einst einer armen, alten Frau in der Nähe des Heidenkirchhofs beim Ewalds-Hügel, der unweit der Stadt Oderberg liegt. Die Frau sammelte daselbst im Spätherbst barfuß Holz und begegnet von ungefähr einem grauen Männlein, mit großem Krempenhut, der die Frostzitternde fragt, wo sie ihre Strümpfe hätte. Die Frau entschuldigt sich mit ihrer Armut, sie habe weder Strümpfe noch Garn zu solchen. Darauf gibt ihr das Graumännchen ein kleines Knäuel, mit der Mahnung, es sorgsam in ihrem Kasten vor aller

Augen zu verbergen, niemals nach seinem Ende zu forschen - dann werde es mehr als ein Paar Strümpfe davon geben! Lange Jahre strickte die Frau schon von ihrem Garnknäuel, nie war das Ende des Fadens erreicht. Aber schließlich siegte doch die Neugier, der Kasten wurde geöffnet, aber da war auch der Faden mit einem Schlage zu Ende.

MAIENPFUHL

Der Name Maienpfuhl stammt von einem Brezelfest, welches zu Ostern in Oderberg gefeiert wurde. Nach der Sage übten hier gütige Benediktinerinnen zu Ehren ihrer Schutzpatronin, der Jungfrau Maria, Werke christlicher Nächstenliebe und belohnten die Jugend von Oderberg am Marientage mit Fastenbrezeln, für gelernte Sprüchlein und gutes Betragen.

BÜCHSE MIT DEM ROTEN PULVER

Beim Abbrechen der Festung soll ein Maurer eine Büchse mit rotem Pulver, nebst verschiedenen, mit chinesischen Charakteren bezeichneten Blättern, gefunden haben. Weil er aber nichts davon verstanden, und beides vielleicht für Zaubersachen angesehen hatte, so verschüttete er das Pulver, und schmiß die Blätter zum Teil weg. Aus den noch übrig gebliebenen, wenigen Blättern sollen Sachverständige erkannt haben, daß, wenn sie sämtlich beisammen geblieben wären, der ganze Prozeß Gold zu machen, darin würde entdeckt worden, und das verschwundene Pulver ein wirklich Adeptisches müsse gewesen sein. Der ehemalige Küster an der Sophienkirche zu Berlin, Gericke, hat hiervon einen eigenen Tractat herausgegeben.

UNTERGEGANGENE STADT IM PLAGESEE

War einmal ein Mann aus Liepe nach Oderberg gegangen. Und wie er in finsterer Nacht heimkehrt, kommt er vom Wege ab und gerät in die Teufelsberge. Da kommt etwas und führt ihn in eine große schöne Stadt, die er zuvor noch nie gesehen, und wie er sich an all der Pracht satt gesehen, wird er wieder hinausgeführt. Da sieht er sich verwundert um, und beim Schein des Mondes, der indes aufgegangen, erkennt er, daß er dicht vor dem großen Plagesee stehe, und hat nun wohl erraten, wo er gewesen.

STADT BEI LIEPE

Zwischen den Orten Oderberg, Neuenhagen und Liepe trifft man im Eichwalde einen Überrest von Mauerwerk an, welcher von einer verwüsteten Stadt übriggeblieben sein soll. Es ist eine etwa 300 rheinländische Ruten lange Reihe, die an der östlichen Seite etwa 100 Ruten und ein doppeltes Mauerwerk hat, das etliche Ruten voneinander steht. Es ist aber alles mit Bäumen bewachsen, und an der östlichen Seite liegen einige Hügel mit Steinen besetzt, ingleichen auch

Steinkreise von kleinen Steinen, in deren Mitte einer oder mehr große gelegen sind. Doch aus all diesen Steinen kann man nur wenig mehr auf die Herrlichkeit der alten Stadt schließen. Wer diese aber sehen will, der muß an einem bestimmten Tage, den ich jedoch nicht verraten kann, mittags in den Wald kommen, da wird sie sich in ihrer ganzen Schönheit vor seinem Blick entfalten.

ODERBERGER DRAK

Gewisse Familien besitzen einen Drak, und mit ihm eine Quelle großen Wohlstandes. Der Drak muß aber wie ein kleines Kind sehr sorgfältig mit Grütze gefüttert werden, und ist auch auf Familienangehörige übertragbar. Eine alte, bereits kränkliche Frau verheiratete ihre einzige Tochter, die in der letzten Zeit während der Kränklichkeit den Drak verpflegt hatte. Als dieselbe vom mütterlichen Anwesen Abschied nahm, erhob sich im Keller ein lautes Winseln. Die Mutter sagt darauf zur Tochter: „Nimm ihn schon mit, ich bin zu alt, und es wird noch mein Tod sein, wenn ich ihn behalte." Darauf sagt die Tochter laut: „Na, dann will ich ihn nehmen!" Und ein lauter Knall erfolgt, und gleich einem feurigen Besen fuhr es zur Esse hinaus, durch die Luft, in die Esse der neuen Wohnung der Tochter hinein.

GEWITTERMÜLLER

Daß die Müller gemeinhin mehr können, als

Mehl mahlen, das brauch ich ja nicht erst zu sagen, das weiß jeder. Aber in alten Zeiten war so ein Teufelskerl wohl im Stande, mit Schick einen richtigen Markgrafen Waldemar von Brandenburg vorzustellen, hol ihn der Teufel! Na, früher, als das dolle Stück hier passiert war, damals, als unser lieber Gott auf Erden, besonders in der Mark umherging, seinen Menschenkindern näher war, als heut, da war sogar manch Müller sozusagen für sich ein kleiner Herrgott, denn er machte sich nach seinem Wohlgefallen Krieg und Frieden, Schnee, Sonnenschein und Regen, Donner und anderes Wetter, zu bestimmten Zeiten auch leider die schlimmen Graupeln, und noch viel mehr, so wie es ihm gerade einfiel, und alles das auf seiner alten Grützmühle. Unser Grützpott zu Stolpe an der Oder ist hiervon auch ein kleiner Ableger gewesen. Und deswegen entstanden, wovon ich später noch ausführlicher erzähle. Von solcher Art, die mehr können als andere Leute, so einer, dem es nicht anzusehen ist, wohnte zu Olims Zeiten auf der alten Oderberger Wassermühle, vor dem Berliner Tor. Dieser Gewisse hatte mal seinen Streit mit einem Stolzenhagener Bauern, was noch glimpflich für diesen abging. Der Bauer aus Stolzenhagen, das Dorf liegt anderthalb Meilen von Oderberg oderabwärts, kam mit einer Fuhre Erbsen nach Hause gefahren, als ihm ein Küselwind dabei begegnet, die Pferde scheuen und schaudern. „Halt, brr! Bleibt stehen!", ruft er. Und die Pferde stehen still. Er zieht sein Klappmesser, und aus eitel

Dämlichkeit und Übermut wirft nun unser Bauer das aufgeschlagene Messer genau mit der Spitze von diesem, mitten zwischen den Windküsel hinein, der an Mannshöhe auch gleich zusammensank. Als nun der Teufelskerl von seiner Wagenpritsche herunterkletterte, um das Messer aufzulangen, war es nirgends zu finden; sosehr er auch danach suchte, es blieb verschwunden. Damit soll es aber noch ganz anders kommen, wonach derselbe Bauer eine Fuhre Weizen nach der Oderberger Mühle zu bringen hatte, wohin damals die Dörfer noch Mahlzwangpflichtig waren. Als nun unser Bauer abgeladen hatte, wobei er sich ein bißchen abgerackert und abgeäschert hatte, ging er in die Stube, um sich eine kleine Aufmunterung zu holen. Da kam ihm der sonst stattliche Wassermüller entgegengehinkt, was er vorher noch nie getan, und es ließ ihn sprachlos, wie von Süchten. Der Bauer wunderte sich stark darüber, aber gleich darauf noch mehr, als er auf einen Blick seines verlorenen, viel gesuchten Messers gewahr wurde, das bei dem Müller auf dem Fensterbord liegt. Er sagte nichts, und der Müller sagte auch nichts. Dieser schilt daraufhin den verdutzten Bauern scharf an, gibt ihm das Messer hin, und sagt nun sehr eindringlich zu ihm:
Hüte dich, mir nochmals in die Beine zu treffen. Diesmal soll's bei den alten Löchern bleiben;
das sollst du dir hinter die Ohren schreiben:
Beim Küselwind laß das Messer stecken,
sonst muß ich dir den Hals brechen!

Darauf hatte es dann der ängstlich gewordene Bauer nicht ankommen lassen.

DER KÜSELWIND

Es war einmal vor vielen Jahren,
im Sommer auf dem Krähenberg,
als Ähren reif in Schwaden lagen,
begann dies böse Narrenwerk.
Ein Küselwind, der spielte prächtig
mit diesen Ähren hin und her,
hob sie hoch und warf sie mächtig
durch die Gegend, kreuz und quer.
Oft im Bullerjorn und Rehne,
im Ort und rings um Krähenberg,
sah stieben man - auch mit Gehäme -
dies räuberische Teufelswerk.
Wenn wieder mal der Wind mit Schärfe,
so lautet eine alte Mär,
soll man hinein ein Messer werfen,
der Küselwind gebändigt wär.
Gesagt, getan, so wie's geschah,
der Küselwind sein Unheil trieb.
Ein Bauernsohn, der g'rade da,
dacht, „jetzt fasse ich den Dieb."
Er rannte los, dem Dieb entgegen,
das off'ne Messer in der Hand.
Er warf es ab, im hohen Bogen,
wo es im Küselwind verschwand.
Ihm war, als tönte laut ein Aufschrei.
Als er der Stelle nah gekommen,
er sucht und machte alles strohfrei,
das Messer ward wie weggenommen.

Die Zeit verflog, es wurde Winter,
und wie's so üblich ging's derweil
nach Oderberg zum Markt hinunter,
wo Bauern boten Waren feil.
Der Bauernsohn aus Stolzenhagen
bot dort auch seine Waren an.
Ein Bäcker schaut auf seinen Wagen,
wo viele Säck mit Weizen war'n.
„Die köpe ick", sprach Bäckersmann
und zeigte auf den Weizen,
„bräng mie na Hus de Wohre dann,
ick müt dän Bäckahm heizen."
Der Bauernsohn, vom Handeln reicher,
trug dem Bäcker also nun
die Säck mit Weizen auf den Speicher,
wie es üblich war zu tun.
Als die Arbeit ward getan,
wie gefüllt des Bäckers Trog,
gab es frei ein Essen dann,
wo gescheh'n der Dialog:
„Kennst Du dät Messer hier mien Jonn?"
Warf's zum Essen auf den Tisch.
Es erschrak der Bauernsohn,
und sagte bleich „gewiß, gewiß..."
„So mag's für diesmal noch hingehen,
sag es dir zur Mahnung nun,
laß' dies nimmermehr geschehen,
dieses noch einmal zutun."
Dem Bauernsohn, ihm wurde klar
was auf dem Krähenberg gescheh'n,
wie hinkend er den Bäcker sah,
so voller Zorn von dannen geh'n.
Des Küsels Scherze sind verschwunden,

der Wind ist oftmals noch zu seh'n
wenn er versucht so unumwunden,
mit Ähren des Getreides weh'n.
Und grummelt es im Bullerjorn,
so denkt man dann in seinem Sinn,
„ -gefangen ist der Küselwind -,
der Bäcker schimpft, er sitzt da drin."

UNTERGEGANGENE STADT AM PARSTEINSEE

Über den Untergang der Stadt erzählte ein alter Schäfer aus Pehlitz folgende Sage:
Das Tal, das jetzt der See ausfüllt, gehörte einst dem Wendenkönig Dagobert. Dieser lebte froh und glücklich in dem alten Schlosse seiner Residenz, die aber damals nicht wie heute auf dem Grunde des Sees lag, sondern treulich zwischen den Bergen versteckt, tief im Tale, inmitten schöner Gärten und fruchtbarer Wiesen. Der König war heiter und zufrieden, denn er hatte alles, was einem das Leben angenehm machen kann. Eines Tages starb seine Gemahlin; sie hinterließ ihm zwei Töchter, denen das Glück zuteil gewo rden war, daß an ihren Wiegen zwei jener mächtigen Wesen Pate gestanden hatten, die man Feen nennt. Diese vertraten später Mutterstelle bei den kleinen Prinzessinnen und beschützten und pflegten sie so gut, daß sie in Gesundheit und Schönheit kräftig heran wuchsen.
Als Patengeschenk segnete die eine den Brunnen des Schloßhofes und ließ das Wasser für alle

Krankheiten heilsam sein, vor allem auch als wirksames Mittel gegen den Feind des Menschen, das Alter. Ein Greis brauchte nur einen Schluck des Wassers zu sich zu nehmen, und wenn er auch nicht die Frische und das Aussehen der Jugend wieder erhielt, er durfte doch noch lange Jahre in guter Gesundheit fröhlich dahinleben.

Die andere Fee spendete einen kupfernen Krug, der allein nur zum Schöpfen des heilsamen Wassers benutzt werden durfte. Als nun die beiden Prinzessinnen ziemlich erwachsen waren, mußten plötzlich die Feen auf Befehl der Königin unsere Gegend verlassen. Beim Abschied vertrauten sie dem König an, daß ein böser, aber mächtiger Geist am Werke sei, um ihn, wie der ganzen Stadt, Unheil zu bringen. Da ihm alle Dinge, die dem finsteren Schoß der Erde entsteigen, untertan seien, habe er auch über das Wasser, das dem Boden entquelle, Gewalt. Also auch über die Fluten des heilsamen Brunnens. Um diesen nun vor drohendem Unheil wirksam zu schützen, ließ der König den unscheinbaren Brunnen auf die kostbarste Art mit geschliffenem Marmor umgeben und aus schönstem Rosenholz ein Dach darüber erbauen, das nur eine einzige Tür hatte, zu der der König ein überaus künstliches Schloß machen ließ, dessen Schlüssel er beständig bei sich trug und nie von sich gab. Da er nicht wie die meisten modernen Könige unnahbar war, und sich hinter sein Geld und seine ihm von Gott verliehene Macht versteckte, gönnte er jedermann den Genuß des heilsamen

Wassers unentgeltlich. So durften zu gewissen Stunden jung und alt, arm und reich in den Schloßhof kommen, wo alsdann der König sich selbst am Brunnen einfand, mit eigener Hand das Schloß öffnete und sorgfältig darauf acht gab, daß aus dem Brunnen mit keinem anderen Gefäß als mit dem kupfernen Krug geschöpft wurde. Das Wasser hatte in kurzer Zeit schon viele gute Dienste getan. Darum war es leicht er klärlich, wie darob der Neid jenes bösen unterirdischen Geistes rege werden konnte. Er hatte schon in mancherlei Gestalt versucht, den Krug zu rauben oder die Tür zu zertrümmern, mit welcher der König den Brunnen verwehrte. So fand einige Male der König zwei Krüge von gleicher Gestalt, wodurch es ihm schwer geworden, den rechten zu erkennen. Zum Glück hatten die Feen den beiden Prinzessinnen das Gefühl für den echten gegeben. Auch waren schon des öfteren Gesandte fremder Könige oder deren Prinzen selbst gekommen, um von dem Wasser zu kosten. Schon mehr als einer hatte ihn ersucht, mit seinem Gefäß das Wasser schöpfen zu dürfen. Doch der König hatte zu gut des Spruches der Fee gedacht und darum immer strikt nach ihrer Weisung gehandelt.

Aber so ernstlich der König auch darauf sah, das gefährliche Geschenk mit möglichster Sorgfalt zu behüten, wurde er eines Tages doch überlistet. Es begab sich an einem hellen Sommermorgen, daß Dagobert befahl, in dem Schloßgarten ein Frühstücksmahl zu rich ten. Es war ein herrlicher Tag, und nachdem der König mit den beiden

Prinzessinnen und seinem Gefolge einen Ritt über die benachbarten Berge gemacht hatte, kehrten sie in den Schloßgarten zurück, wo alles zum Essen bereitet war. Oben am Tisch saß der König und zu seiner Seite die Prinzessinnen. Der kupferne Krug, den er sogar auf seinen Sattelknopf hing, stand vor ihm auf dem Tische. So tafelten sie. Da bemerkt man auf einmal, daß ein zerlumpter Bettler sich dem König näherte. Vor der Tafel angekommen, ließ er sich auf die Knie nieder und flehte den König mit rührendsten Worten um einen Trunk aus dem Brunnen mit dem heilsamen Wasser an. Der König, der nicht gern aufstehen wollte, bat ihn, in einer Stunde ins Schloß zu kommen. Jetzt beschwor der Bettler den K önig, das Wasser könne ihm nur in diesem Augenblick helfen, das er gerade von fürchterlichen Schmerzen geplagt sei. Als die Prinzessinnen sahen, daß der König nur ungern seinen Platz verlassen wollte, erboten sie sich, mit dem Bettler hinab in den Schloßhof zu gehen, um diesen mit einem Trunk Wasser zu helfen. Sie drangen so lange auf den Vater ein, bis dieser ihnen unter Hinweis auf äußerste Vorsicht, Krug und Schlüssel übergab. So gingen sie zum Schloßhof. Der Bettler folgte ihnen. Keinem kam irgendein argwöhnischer Gedanke. Jetzt kamen sie an den Brunnen, schlossen das Dach auf, schöpften mit dem kupfernen Kruge das Wasser und fragten den Bettler, ob er ein Gefäß mitgebracht habe. Das verneinte dieser. Aber gleich darauf, niemand weiß, wie es gekommen ist , schwang er triumphierend den

Krug über seinem Haupt und versank in die Erde. Nun erkannte man, daß man von jenem Mächtigen Geiste überlistet war. Die Prinzessinnen bemühten sich, das Brunnendach vor der heraufstürzenden Flut zu verschließen. Aber vergebens. Immer neue und gewaltigere Wasserströme entstürzten der Tiefe. Die Prinzessinnen riefen um Hilfe, aber niemand, da alle durch die Künste des Geistes erstarrt, sprang zu ihrer Rettung herbei. Schon hatte das Wasser den ganzen Schloßhof überströmt und stieg an den Mauern und Talwänden langsam empor. Bald war von den beiden unglücklichen Prinzessinnen nichts mehr zu sehen. Schon stand das Wasser bis zur Hälfte des großen Turms, dann hatte es das Dach erreicht, dessen Spitze im nächsten Augenblick nur noch hervorsah und dann auch verschwand. Und wie sich das Wasser über ihr zusammenschloß, zeigte ein kleiner, zitternder Ring, der sich immer größer und größer ausbreitete, daß die gewaltige Wasserfläche eine ganze Stadt bedeckte.

VERSUNKENE STADT IM PARSTEINSEE

Südlich von Angermünde erstreckt sich ein großer See, der überall von mäßigen aber meist steilen Höhen umgeben ist. In ihm soll eine große Stadt, und zwar durch die eigene Schuld der Bewohner untergegangen sein. Es fehlte ihnen nämlich schon lange an gutem Trinkwasser und sie hatten auch schon viele Brunnen gegraben, aber immer nicht ihren Wunsch erreicht.

Da kam einst ein Zauberer und grub ihnen einen schönen tiefen Brunnen, dessen Wasser hell und klar war. Aber er füge zu seinem Geschenk zugleich die Warnung hinzu, daß sie den Brunnen jeden Abend sorgfältig zudecken sollten. Das taten sie auch jahraus, jah rein. Einst, wie es kam, weiß man nicht, wurde es vergessen. Da fing in dem Brunnen plötzlich die Flut an emporzuwallen und stieg immer höher und verschlang die Stadt samt ihren Bewohnern. Das Wasser trat aber weiter und weiter aus, bildete zuletzt den gro ßen Parsteiner See.

Einige erzählen auch, die Stadt hätte sich noch weiter über den jetzigen See hinaus erstreckt, und zwar bei Pehlitz vorbei in die Heide hinein, bis zum sogenannten venedischen Kirchhof. Auf dem Pehlitzwerder hat das Schloß gestanden und man kann noch heute die Spuren des Gemäuers dort sehen. Im Wasser erblickt man auch zuweilen bei hellem Wetter den Kirchturm und hört das Läuten der Glocken, die auch hin und wieder ans Tageslicht kommen, wo man sie dann miteinander sprechen hört.

Die im großen Parstein (Parsteinsee) untergegangene Stadt soll Fineten oder Veneden geheißen haben, und daher kommt es denn auch, daß bis auf den heutigen Tag ein Stück Landes dort am See der Venedische Kirchhof heißt.

PARSTEINWERDER

Ein Hühnenmädchen wollte einst einen Damm durch den Parsteinsee bauen, der sie trockenen Fußes von Bölkendorf nach Brodowin bringen sollte. Sie trug zwei Schürzen Erde herbei, die sie an jedem Ufer niederwarf. Das sind die zwei Landzungen, die noch heutige n Tages sichtbar sind. Als sie aber mit der dritten Schürze voll Erde ankam, fiel sie und brach ein Bein. Dabei fiel die Erde mitten in den See. So entstand die Insel, die man Parsteinwerder nennt.

VOM STURZWERDER IM PARSTEINSEE

Das Kloster Chorin, das vor 1272 auf der Insel im Parsteinsee gestanden haben soll, war schon immer dem heidnischen Fürsten Udo ein Stein des Ärgernisses gewesen. Er faßte daher den Entschluß, das Kloster vom Erdboden verschwinden zu lassen. Er ließ eine Menge Kähne bereitstellen, um mit seinen Mannen die Überfahrt nach dem Kloster anzutreten. Aber, so oft er die Fahrt ansetzte, immer warf ihn ein heftiger Sturm ans Ufer zurück.
Er sprach: Nun will ich einen Damm bauen, der mich trockenen Fußes ans Ziel bringen wird. Dann kann weder Wind noch Wellen mir Trotz bieten. Gesagt, getan! Schon hatte er drei Schürzen voll Erde in den See getragen, bei der vierten glitt er aus und wurde von den Fluten des Parsteinsees verschlungen. Als seine Weiber von diesem traurigen Geschick Kunde erhielten, eilten sie herbei und stürzten ihm nach.
Noch heute will man aus der Tiefe heraus die

Klagelieder der Frauen deutlich vernehmen können. Die Halbinsel aber, die durch die drei Schürzen Erde entstanden ist, und aus den Fluten des Parsteinsees hervorragt, führt im Munde des Volkes den Namen Sturzwerder und wird heute noch als ein Werk des Fürsten Udo bezeichnet.

TEUFELSDAMM IM PARSTEINSEE

Ein Bauer aus dem Dorfe Parstein, der viel jenseits des Sees zu tun hatte, und den beschwerlichen Weg um den See ersparen wollte, machte einst einen Bund mit dem Teufel und versprach ihm seine Seele, wenn er ihm in einer Nacht quer durch den See einen Damm baue, doch müsse er bis zum ersten Hahnenrufe fertig sein. Der Teufel war zufrieden und ging ans Werk. Die Arbeit schritt so rasch voran, daß der Bauer voraussah, der Teufel würde noch lange vor der festgesetzten Frist fertig werden, und er sann auf eine List, wie er den Teufel betrügen möchte. Er ging in den Hühnerstall und scheuchte die Hühner auf, und der Hahn, der da glaubte, es sei bereits Morgen, fing an zu krähen. Da war der Teufel geprellt, und kaum hörte er den Hahnenruf, warf er die Steine wild durcheinander und der Damm blieb unvollendet bis auf den heutigen Tag.

RIESENMÄDCHEN AM PARSTEINER SEE

Von dem erzählt man sich allerlei seltsame Geschichten. Einmal ist es hinausgegangen auf die Wiese, um Schweine zu hüten. Da die Borstentiere aber sehr wild auseinanderliefen, wollte die Riesin sie mit einem Stecken zusammentreiben. Den hatte sie aber verg essen, riß also eine der größten Buchen aus der Erde, entfernte die Zweige und Blätter und benutzte den glatten, schlanken Baumstamm als Hirtenstab. Ein andermal wollte die Riesin einen Damm auf den See errichten, zwischen Bölkendorf und Brodowin, hatte au ch schon mit zwei Schürzen voll Erde beinahe die Arbeit geschafft, da fiel sie beim Heranschaffen der dritten Schürze hin, und die Erde fiel in den See und formte sich zu einer Insel, die noch heute vorhanden ist. Als die Riesin einmal einen Bauern auf dem Felde bei der Arbeit sah, hob sie ihn mit seinem Pfluge und seinem Ochsengespann von der Erde auf, packte alles in ihre Schürze und nahm es mit auf das Schloß ihres Vaters, dem sie das hübsche Spielzeug vorführte. Der aber schalt sie ein unvernünftiges Ki nd und befahl ihr, die kleinen Lebewesen auf das Feld zurückzutragen, wo sie sich viel nützlicher machen könnten als im Hause eines Riesen.

FEINDLICHE BRÜDER

Vor langer Zeit lebten zwei Brüder, die im Parsteinsee einen Krebs gefangen hatten, den jeder von ihnen haben wollte. Da keiner nachgab, kam es zum Kampfe, wobei sie sich gegenseitig erschlugen. Seitdem sieht man zuweilen zu beiden Seiten des Sees ein Feuer, wie man es beim Krebsen anzündet. Das rührt von den feindlichen Brüdern her, die keine Ruhe im Grabe gefunden haben, und noch immer am Ufer des Sees krebsen.

BRUDERSTREIT

Zwei Brüder hatten beim Fischfang auf dem großen Parsteiner See das Glück gehabt, einen riesigen Krebs in ihr Netz zu bekommen. Jeder von ihnen betrachtete das prächtige Schalentier als sein Eigentum, und da sie sich nicht einigen konnten, gerieten sie in Streit, der immer heftiger entbrannte, bis sich die Brüder in grimmiger Wut gegenseitig erschlugen. Aber nach ihrem Tode konnten sie keine Ruhe finden. Sie erscheinen in der Nacht an den Ufern und gehen auf den Krebsfang aus. Ihr Kommen aber wird durch zwei Feuerzeichen angekündigt, die zugleich auf beiden Seiten des Sees, bei Parstein und bei Brodowin, sichtbar werden. Und die Fischer meinen, diese Feuer seien die Brüder selber, die sich auch im Tode noch hassen und gegenseitig bekämpfen. Und das grelle Rot des Feuers soll auf die Farbe des Krebses hindeuten.

RIESEN AM PARSTEINSEE

Die Riesen, die einst am Parsteinsee wohnten, so erzählt man, sind größer gewesen, als das jetzige Geschlecht. Die Menschen, die nach uns kämen, würden viel kleiner sein, daß ihrer neun in einem unserer Backöfen dreschen könnten, ohne sich einander die Köpfe einzuschlagen.

DREI JUNGFRAUEN VOM PARSTEINSEE

Vor vielen Jahren stand am Ufer des Parsteinsees ein einsames Landhaus, das von einem großen schönen Garten umgeben war. In diesem Hause wohnten drei Jungfrauen, eines reichen Mannes Kinder, die sich in früher Jugend aus religiösen Gründen Ehelosigkeit gelobt hatten. Da sie aber älter wurden, fühlten sie, wie zwecklos und öde ihr Leben war und vertrauten einander ihre heimlichen Wünsche. Als sie einmal alle drei in ihrem Garten saßen und davon redeten, wie sie aus ihrer selbst gewählten Einsamkeit am besten entfliehen könnten, steht plötzlich ein Mann vor ihnen, alt und ansehnlich, in schwarzem Mantel mit großem Hut und spitzem, rotem Bart. Der spricht zu ihnen: Liebe Jungfrauen, ich habe drei Söhne, die sind jung und euer wohl würdig. Wollt ihr diese zu Männer haben, so kommt auf den Abend wieder an diesen Ort, dann will ich euch dazu verhelfen.

Auf den Abend nun finden sich alle drei wieder im Garten ein. Der Mond ist über dem See aufgegangen und hat seinen großen Spiegel mit unzähligen Goldfunken überstreut. Bei seinem Schein sehen die drei Jungfrauen wieder den alten Mann über die Mauer steigen . Er fragt sie und begehrt zu wissen, wie sie gesinnt sind. Wenn sie mit ihm gehen wollten, sollten sie ihr ganzes Leben Gutes in Fülle haben. Darauf gaben die drei ihr Jawort, jedoch mit der Bedingung, daß er ihnen eins zusage und halte: Daß sie nicht zu weit von hier zu seinen Söhnen geführt werden, und daß sie alle Jahre einmal wiederkommen möchten.

Jawohl, beteuerte der Alte, das soll euch treulich gehalten werden, greift nur alle drei diese Schnur an. Damit spricht er einige Worte und alsbald werden sie in wilde Schwäne verwandelt und fliegen mit ihm über die Mauer in den See hinein.

Alle Jahre aber, an demselben Tag, da sie hinausgeflogen, kommen sie dreimal aus dem Wasser hervor. Bisweilen hört man sie deutlich rufen. Dann liegt eine irgendwo krank vor Herzensnot, und am nächsten Tage geht sie ins Wasser und muß ertrinken.

An dunklen Herbstabenden, wenn der Wind sein Wesen um die längst verfallenen Mauern des einsamen Hauses treibt, hat man oft jenes seltsam helle Schreien gehört und dann angstvoll gewartet, ob am nächsten Tag eine Maid ertrinken würde.

SCHÄFER SCHLUCK

Wenn man von Liepe aus durch den Forst auf Parstein zugeht, so begegnet man zu seiner Rechten mitten im Walde einer eigenartigen Naturerscheinung. Drei Bäume am Wege, eine Eiche, eine Buche und eine Kiefer, sind so miteinander verschlungen, daß sie wie ein Mensch aussehen. Die Leute nennen diese eigenartige Erscheinung "Schäfer Schluck" und erzählen sich dann folgende Geschichte:

In Parstein wohnte einmal ein Schäfer Schluck. Der hatte die Jahre hindurch ein tüchtiges "Schwarzgeld" verdient. Nun war er drauf und dran, sich ein Haus zu bauen. Es fehlten ihm nur noch hundert Taler. Um diese Summe schnell zu bekommen, ging er heimlich des Nachts mit Kienfackeln auf Krebse aus, deren es viele in den Bauernseen gab. Den Bauern aber war schon aufgefallen, daß es an ihren Seen nicht mit rechten Dingen zugehen konnte.

Da taten sich die Bauernburschen eines Abends zusammen, rüsteten sich mit Knüppeln aus und beschlossen, nach dem Krebsdieb auf der Lauer zu bleiben. Da hörten sie auf dem Waldweg Schritte, Schäfer Schluck war in Sicht. In dem Sack schien er etwas Lebendiges zu haben und man sah, wie zwei Krebse sich anschickten, herauszukrabbeln. Da hatte man den Räuber. Kurzerhand packte ihn einer der Burschen und schlug ihn dermaßen, daß er mit seinem Sack am Wege liegen blieb. In demselben Augenblick schlug von irgendwoh er eine Kirchturmuhr zwölf.

In jener Stunde rötete das Blut des Schäfers diese Waldstelle. Eine hungrige Mücke, die ihren Durst mit dem Blute stillen wollte, mußte dies mit dem Leben büßen. Ihre Seele aber, sagen die Leute, hat Rache geschworen. Von Stund an gibt es an keiner Stelle des Waldes soviel Mücken wie hier, wo der Schäfer Schluck niedergeschlagen wurde.

Mittlerweile haben sich an jener Stelle drei Bäume - Eiche, Buche und Kiefer- fest aneinander geschlungen. Kein Förster will sie gesät oder gepflanzt haben. Wenn man eine Weile auf den Stamm der Eiche schaut, sieht man in der Rinde das Gesicht des Schäfers Schluck, und in den Buchenzweigen kann man überall Krebsscheren wahrnehmen. Die Krone der Kiefer sieht aus, wie ein dichter Mückenschwarm.

DER GRÜTZPOTT

Einst hauste der Raubritter Tiloff mit seiner Mutter und seinen Knappen auf der Stolpener Burg. Häufig fand er sich auf dem Markte der Stadt ein, um reiche Kaufleute auszukundschaften. Rüsteten diese zum Aufbruch, ritt Tiloff eilends zu seiner Burg und rief seine Leute zusammen. Im Hinterhalt lauerten sie den Kaufleuten auf, mordeten und plünderten sie.

Eines Tages beobachtete Tiloff einen Kaufmann, der viel kostbares Schleierleinen auf dem Markte verkauft hatte und eine wohlgespickte Geldkatze um den Leib geschnallt trug. Tiloff machte sich allein an die Verfolgung des Kaufmanns, in dem er eine leichte B eute witterte. Doch der Kaufmann war auf der Hut. Als der Raubritter mit gezogenem Schwert auf ihn eindrang, zog der Händler seine Pistole, die mit einem silbernen Knopf geladen war und schoß Tiloff mitten ins Herz. So fanden ihn seine Leute mitten im Wald . Schnell verbreitete sich die Kunde vom Tode des Wegelagerers. Die Bevölkerung wollte das Raubnest völlig zerstören. Die Bauern scharrten sich zusammen und stürmten die Burg. In ihrer Bedrängnis flüchteten sich die Strauchritter in den mächtigen Bergfried , den sie hartnäckig mit all den ihnen zur Verfügung stehenden Mitteln verteidigten. Von der Höhe des Turms warfen sie schwere Steine in die Tiefe, gossen aus großen Pfannen siedendheißes Pech auf die Angreifer und zuletzt schütteten sie das soeben fertigg ekochte Essen, einen Kessel mit heißem Grützbrei, herab. Aber das vermochte die Bauern nicht zu schrecken. Der Stolpener Schmied, der auf der obersten Sprosse der Sturmleiter stand, bekam die Grütze auf seine Sturmhaube. Wutentbrannt rief er: Den Grützpott wärn wir bald utschüre. Mit voller Wucht rammte er seine Eisenstange gegen die Bohlentür des Turms. Das Holz krachte und splitterte und die erbitterten Bauern drangen in den Bergfried ein. Das war das Ende des Raubnestes. Die Burg zerfiel, nur die Mauern des Bergfrieds ragten noch auf, im Volke Grützpott geheißen.

SCHWARZE FRAU

In der Nähe von Zehden in der Neumark liegen gewaltig viele und große Granitblöcke, so daß dort immer viele Steinhauer zu tun haben. Mal waren deren auch mehrere bei der Sprengung eines gewaltigen Blockes beschäftigt, da springt im selben Augenblick, wo er zerplatzt, eine ganz schwarze Frau aus demselben hervor, die dahinein verwünscht war. Sie hatte nun kläglich gebeten, daß einer der Arbeiter sie doch erlösen möge, und hat sie wollen verlocken, Üppigkeit mit ihr zu treiben, und täte es einer dreimal in einer Stunde, so wäre sie erlöst, aber es hat's keiner tun mögen und da ist sie jammernd verschwunden.

DER RÄUBERBERG BEI KRÄNZLIN

Zwischen Bechlin und Kränzlin, aber auf bechlinerischem Grund und Boden, liegt eine unbedeutende Anhöhe, der „Räuberberg" genannt, der nach schriftlichen Aufzeichnungen aus der Mitte des 18. Jahrhunderts auch „Hünnenwall" hieß. Von ihm gibt es folgende Sage:
Auf dem Berge lag, heißt es, ehedem im Gebüsch versteckt, ein Raubschloß, das mit der steinernen Brücke des Kränzliner Damms durch einen Draht in Verbindung stand. Sobald nun ein Wagen über die Brücke fuhr, wurde durch diesen Draht eine Glocke im Schloss in Bewegung gesetzt. Auf dieses Zeichen brachen der Raubritter und seine Leute aus dem Schloß hervor und plünderten die Reisenden aus. Zuletzt wurde es dem Ruppiner Grafen aber doch zu arg, und er drohte dem Herrn von Fratz, so hieß der Besitzer des Schosses, er werde ihm seine Burg anzünden, wenn er das Unwesen nicht ließe. Der aber lachte

darüber und trieb sein Handwerk nach wie vor. Da passte der Ruppiner Graf einmal eine Zeit ab, zu der Fratz in Ruppin war, und schickte schnell seine Leute hinaus, die die Burg erobern und zerstören mussten.

DER WILDE JÄGER IM FRANKENDORFER REVIER

In den milden Frühlingsnächten hört man zuweilen Rufe, die mit dem Gekläff der Hunde und dem Geschrei großer und kleiner Eulen Ähnlichkeit haben. Man vernimmt sie in verschiedenen Tonlagen, bald gedehnt, bald kurz abgestoßen. Durch die Luft aber fährt ein rauschender langer Zug, in dem feurige Augen sichtbar sind. Das ist der Höllen- oder wilde Jäger, der bei seinen Jagdzügen auf Erden große Freveltaten ausgeführt hat und drum dazu verdammt ist, ewig in den Lüften zu jagen.

DAS ALTE DORF DREETZ

Das Dorf Dreetz soll, wie die Alten immer erzählen, ursprünglich in der Gegend des Vorwerks Lüttgendreetz am Dreetzsee gelegen haben, und man hat dort auch mehrmals alte Urnen sowie einmal eine eiserne Axt und ein anderes Mal Streitäxte aus Feuerstein aus der Erde gepflügt.

DER SCHMIED IM MOND

Es war einmal ein Schuhmacher, der bekam an einem Montag von seiner Frau Geld, um Leder einzukaufen. Als er nun beim Wirtshaus vorbei kam, sah er seine Zunftgenossen darinnen. Die ließen ihn nicht vorüber, er mußte hineinkommen. (Des Montags arbeiteten nämlich die Schuhmacher nicht, hieß es, da traf man sie im Wirtshaus.) Als er aber ohne Leder und ohne Geld nach Hause kam, war seine Frau natürlich sehr böse und schimpfte ihn gehörig aus. Am anderen Tag schickte sie ihn wieder mit Geld los, damit er Leder kaufe. „Vorbeigehen, dachte er, „kannst du ja am Wirtshaus. Aber hineingehen tust du diesmal nicht?´ Aber es kam doch wieder wie das erstemal: Er vertrank das Geld und bekam erneut böse Reden von seiner Frau zu hören.

Als ihm seine Frau am dritten Tag wieder Geld gab und es ebenso ging wie anden beiden vorigen Tagen, da wagte er sich nicht wieder nach Hause, sondern ging in den Wald und wollte sich an einem Baum erhängen. Als er nun so an einem Baume stand und mit dem Messer den Bast abschälte, um daraus einen Strick zu flechten, kam ein Herr gegangen. Der fragte ihn, was er da mache. „Ich will einen Strick binden", sagte der Schuhmacher, „und mit ihm alle Teufel in der Hölle zusammenbinden." Da bekam der Herr, es war der oberste Teufel, einen Schreck und sagte, das solle er nur bleiben lassen. Er wolle ihm auch so viel Geld geben, daß ein ganzer Stiefel davon voll würde. Da war der Schuhmacher zufrieden

und ging nach Hause. Er machte sich und seiner Frau eine Harke und sagte ihr, als sie sich darüber wunderte, sie solle nur ruhig sein. Sie würden so viel Geld bekommen, daß sie es mit den Harken zusammenkratzen müßsten. Darauf nahm er einen großen Stiefel, schnitt die Sohle unten ab und hängte ihn in den Schornstein hinein. Als nun der oberste Teufel sah, daß seine Schatzkammer fast leer geworden war, sagte er zu einem anderen Teufel: „Dem Schuhmacher können wir das Geld nicht lassen. Geh hinunter und sieh, daß du es ihm durch eine Wette abgewinnst! Das Geld soll dem gehören, der von dem anderen drei Pfeifen Tabak tauchen kann."
Als dann der Teufel zum Schuhmacher kam und ihm das verschlug, war der es zufrieden und sagte, der Teufel müsse aber zuerst von seinem Tabak rauchen. Damit nahm er eine geladene Flinte, hielt sie ihm an den Mund und drückte ab. Das war dem Teufel aber doch ein zu starker Tabak, und er machte sich davon. Als er oben angekommen war, sagte der oberste Teufel wieder, er müsse noch einmal hinunter, und wer zuerst einen Hasen finge, dem solle das Geld gehören. „Ist mir schon recht," sagte der Schuhmacher und steckte drei graue Kaninchen in einen Sack. Als er das erste laufen ließ, wollte der Teufel nach. Da zog der Schuhmacher das zweite hervor. Wahrend aber der Teufel nun vom erstem abließ und diesem nachsprang, holte der Schuster rasch das dritte hervor und rief: „Hier hab ich einen Hasen." Da zog der Teufel auch diesmal niedergeschlagen ab. Aber sein Herr

schickte ihn noch einmal hinunter. „Unsere Schatzkammer", sagte er, „ist doch leer, da nimm die eiserne Tür, die ist zu nichts mehr nütze. Wer die am höchsten wirft, soll das Geld haben." Als der Teufel wieder zum Schuhmacher kam, war der auch damit zufrieden, verlangte aber, daß der Teufel es ihm vormache. Der warf dann auch die Türe hoch, daß sie beim Herunterfallen tief in die Erde eindrang. „Nun hol sie nur erst wieder heraus", sagte der Schuster. Währenddessen sah er aber hinauf zum Mond, der schien gerade so schön hell. „Was siehst du denn so zum Mond?" fragte der Teufel. „Ja," sagte der Schuhmacher, „der Schmied da oben, der ist mein Bruder. Dem will ich die Tür hinauf werfen, der kann sie als altes Eisen brauchen. "Da erschrak der Teufel und sah, daß er überwunden war, und der Schuhmacher behielt das Geld.
Es sieht aber auch wirklich so aus, als ob im Mond ein Schmied stände; Bei hellem Mondschein kann man ihm sehen mit Amboß und Hammer.

WAHRZEICHEN NEURUPPIN

Vor allem die Klosterkirche hat ihr besonderes Wahrzeichen: Wenn man nämlich vom Chor aus, wo früher die Orgel war (heute ist dort die Winterkirche), zum Gewölbe des Hauptschiffes hinaufsieht, bemerkt man an der Decke ein eigentümliches Bild: eine Maus, die eine Ratte verfolgt. Das soll nämlich so zusammenhängen:

In der Zeit, als Luthers Lehre sich hier in der Mark verbreitete, stritten sich einmal ein katholischer und ein protestantischer Geistlicher, indem der letztere meine, die Kirche würde auch noch protestantisch werde. Der erstere behauptete, das würde nie geschehen, so wenig als jemals eine Maus eine Ratte verfolgte. Und siehe da, kaum hatte er dies gesagt, da sahen sie an der Decke der Kirche das Wunde, dass eine Maus eine Ratte verfolgte. Und als die Kirche dann wirklich protestantisch wurde, hieß es, da hat man zum Gedächtnis das Bild dort oben angebracht.

Neben der Klosterkirche steht nach dem See zu eine alte Linde. Die einen behaupten, daß in sie die Pest gebannt worden sei, die anderen sagen, darunter hätten die Mönche bei ihrem Abzug ihre Schätze vergraben. Unter der Linde ist nämlich ein Fundament, und über ihm nur drei Fuß hohe Erde, in der die Linde steht. Schon zweimal ist sie dem Eingehen nahe gewesen, hat aber immer wieder ausgeschlagen. Wenn sie zum drittenmal ausschlägt, heißt es, können die Schätze gehoben werden.

Wie es kommt, dass das Ruppiner Wappen zeitweilig einen Adler mit einer Kappe auf dem Kopfe zeigt, darüber berichtet Feldmann folgendes:

Des Grafen Bediente, die Edelleute waren, erstachen einen Bürger, als sie sich lustig machten. Der Magistrat nahm den Täter gefangen und verurteilten ihn (im Winter) zum Köpfen. Dies ward draußen bekannt, die

Edelleute versammelten sich dicht vorm Tor in zwei Reihen, um ihn zu befreien, wenn er herausgeführt würde. Aber der Rat erfuhr es, hielt das äußere Tor Alt Ruppiner Tor verschlossen, führten den Deliquenten ins Tor und ließen ihm zwischen dem inneren und dem äußeren Tor, nahe beim äußeren, damit sie es draußen hören konnten, den Kopf abschlagen. Dadurch wurde das Tor geöffnet, und da nahmen die Edelleute den Leichnam mit. Dieses klagte der Graf nach Berlin an den Markgrafen, da wurde dem Rat zur Strafe auferlegt, keinen bloßen oder freien Adler mehr im Siegel zu führen, sondern diesem eine Kappe über den Kopf zu ziehen.

Das Fundament haben nach den schriftlichen Aufzeichnungen des Dr. Feldmann aus der Mitte des 18. Jahrhundert auch einmal Arbeiter gefunden, als der damalige Bürgermeister Holle dort eine Kalkgrube graben lassen wollte. Es war viereckig und bestand aus bebackenen Mauer- oder Ziegelstein, etwa 8 Fuß im Quadrat. „Sie gruben," heißt es, „auch noch etwa 3 Fuß tief, kamen aber noch nicht bis zum Grund. Sie entblößten auch alle freiliegenden Seiten, aber der Bürgermeister Holle ließ alles wieder zuzuschütten."

VON PATERWICHMANN IN NEURUPPIN

In der Klosterkirche in Neuruppin steht noch die Bildsäule vom Pater Wichmann, einem der alten „Grafen von Lindow und Herr zu Wildberg und

Ruppin". Er soll das Kloster hier gegründet haben und sein erster Prior (Klostervorsteher) gewesen sein, und er soll auch die Gabe gehabt haben, Wunderwerke zu tun, wovon in alten Schriften namentlich eine Begebenheit erzählt wird:

Einstmal, heißt es, hatte er jenseits des Ruppiner Sees im Namen seines Klosters , das ja unmittelbar an diesem See gelegen hat, etwas zu verrichten. Als er nun sehr hungerte und er bei gegebenen Zeichen der Eßglocke vor großer Mattigkeit den weiten Weg um den See herum nach der Stadt nicht wieder gehen konnte, sprach er zu seinem Gefährten: „ Mein Sohn, folge mir getrost!", machte darauf ein Kreuz vor sich und ging geradewegs über das Wasser ins Kloster. Sein Gefährte aber getraute sich nicht, in seine Fußstapfen zu treten, ging um den See herum und kam erst eine gute Stunde nach dem Pater nach Hause.

Einmal ist ein Bauer hinter hergegangen. Wo Pater Wichmann austrat, da trat der Bauer ein. Zuerst tat der Pater Wichmann, als sähe er es nicht. Als sie aber mitten auf dem See waren, drehte er sich um, drohte dem Bauer mit dem Finger und sagte: „Wie kannst du dich unterstehen, mir nachzugehen? Diesmal will ich dich noch mit hinübernehmen, aber versuche es nie wieder!" Nach anderen Erzählern ist es sein Küster gewesen. Unterwegs tat Pater Wichmann, als sähe er es nicht. Drüben angekommen, sagte er ihm aber, er solle sich nicht noch einmal in solche Gefahr durch sein Vorwitz treiben lassen, denn er würde ohne alle Hilfe ertrunken sein, falls er sich zufällig dabei umgesehen hätte. Der Küster ärgerte sich aber, dass er immer um den See herumgehen müsste, wärend der Pater es so bequem habe. Er dachte bei sich, der Pater gönne ihm solche Macht nicht. Er wollte einmal versuchen und sich umdrehen, während er in der Paters Fußstapfen trete. Er wurde aber für seinen Ungehorsam bestraft, denn als er nach Ruppin zurückblickte, versank er, bevor er um Hilfe rufen konnte.

Der Ruf der Wundertaten ging auch über die Mark hinaus. So schrieb jemand über eine Legende, die sich an ein Bild geknüpft habe, das noch im 18. Jahrhundert im Dominikanerkloster zu Köln am Rhein zu sehen gewesen sei: „ Es stellte einen Koch des Klosters Neuruppin da, welcher in der Hand einen großen Wels hielt und hatte die Unterschrift: Pater Nicolaus de Ruppin. Die Legende aber lautete, der Koch des Klosters, Nicolaus mit Namen, habe einst, als noch am Abend viele fremde Klosterbrüder nach Ruppin gekommen waren, dem Pater Wichmann geklagt, der Speisevorrat reiche nicht aus. Da habe jener ihm befohlen, er solle nur durch das Pförtchen, das von dem Klostergange zum See hinausführe, gehen und im Namen des Priors den Fisch befehlen, dass einer von ihnen herkäme, um sogleich den angekommenen Gästen als Sättigung zu dienen. Der Koch habe getan, wie ihm geheißen, und so sei ein großer Wels zu ihm ans Ufer geschwommen gekommen, welchen er mit mit den Händen ergriffen und in die Küche getragen habe, wo derselbe dann zubereitet worden sei."

Nach einigen soll es auch nicht ein Riese, sonder Pater Wichmann gewesen sein, der einen Damm durch den Ruppiner See hat bauen wollen, der die Grafschaft der Länge nach durchschneidet und in zwei Teile teilt. An zwei Stellen er an der Stadt gegenüberliegenden Seiten angefangen, den See zuzudämmen, einmal, wo sich beim Fährhahn (am Fährhause) eine Spitze gerade der Klosterkirche gegenüber ins Wasser hineinzieht, und dann bei der Ziegelei zwischen Gnewikow und Karve, einer Stelle, die man noch „die scharfe Ecke" nennt. Beide Male ist ihm aber das Schürzenband abgerissen, als er Erde in seine Schürze herbeitrug. An der „scharfen Ecke" sieht man es noch deutlich, wie die Sandbank sich ins Wasser hineinzieht; da ist es auch so manchem Schiff schlecht ergangen, wenn die Schiffer dies nicht bedachten und zu dicht ans Land gehalten haben.

Vor seinem Tode hat übrigens Pater Wichmann bestimmt, dass er in einem gläsernen Sarg gebettet und dieser noch in einen silbernen gesetzt werden solle. Ferner solle auf sein Grab eine Linde gepflanzt werden, und wenn die Linde vergangen sei, dann könne man sein Grab öffnen, aber nicht eher. Die Linde hinter der Klosterkirche, unmittelbar an der nach dem Brand von 1787 errichteten Stadtmauer auf dem ehemaligen Klosterkirchhof, wird von vielen als diejenige bezeichnet, unter der Pater Wichmann begraben liegt. Alle Neujahrsnacht zwischen zwölf und ein Uhr kommt er noch in einer Kutsche, die mit zwei schneeweißen Pferden ohne Köpfe bespannt ist, die Klosterstraße entlang zur Kirche, um nachzusehen, ob seine Anordnung in Hinblick auf die Linde auch aufrechterhalten werden. Mehrere Leute aus der Klosterstraße behaupten, das Rollen der Räder gehört zu haben, nicht aber den Hufschlag der Schimmel. Sonntagskinder können auch die Kutsche und die Pferde sehen.

Von Pater Wichmann erzählt eine alte Frau noch folgende Geschichte: „Zur Franzosenzeit, ich war freilich noch ein ganz kleines Kind, habe es aber oft vom Vater und Mutter gehört, wurde die Klosterkirche als Magazin benutzt, das stets ein Mann aus der Stadt Tag und Nacht bewachen musste. Dafür bekam er einen Taler. Dabei ist es einem Wächter einmal ganz merkwürdig ergangen: Als er so in Gedanken versunken dastand, es war gerade um Mitternacht, hörte er auf einmal die Orgel gehen. Die Kirche war plötzlich ganz hell, und vor dem Altare stand Pater Wichmann und reichte gerade zwölf Jungfrauen das Heilige Abendmahl. Als das vorüber war, schwieg die Orgel, und Licht und Jungfrauen und Pater waren ebenso plötzlich wieder verschwunden, wie sie erschienen waren. Eine Stimme aber bedrohte den Mann, er solle von dem, was er gesehen habe, ja nichts erzählen, sonst würde es ihm schlecht ergehen. Der aber konnte seinen Mund nicht halten, und da hat es ihn denn Tag und Nacht keine Ruhe gelassen, bis er vor aller Angst und Aufregung kurze Zeit darauf starb."

SEGERS WISCHE

Auf dem Wege vom Dorf Dreetz zu dem Gasthof, der in der Heide an der Hamburger Chaussee lag und den die Fuhrleute unter dem Namen der lahmen Ente kannten, lag an dem Fichtenwalde mitten in den dünenartigen Sandbergen eine ziemlich große Wiese, die den Namen "Segers Wische" führte. Hier hat vor uralter Zeit ein Riese namens Seger gewohnt, dem die Wiese gehörte. Diese hat er, wenn die Zeit der Heumahd kam, mit neun Reihen abgemäht. Aber er hat auch nach jeder Reihe erst eine Tonne Bier ausgetrunken, denn es wird wohl doch keine ganz leichte Arbeit gewesen sein. Vor über hundert Jahren soll nicht weit von diesem Ort noch sein Grab sichtbar gewesen sein. Aber jetzt weiß es keiner mehr zu finden, erzählen kann jedoch noch mancher von Segers Wische und Segers Grab. Es soll dort nämlich auch ein Schatz verborgen liegen, den zwei Dreetzer Tagelöhner einst heben wollten. Es war Mitternacht, und sie legten sich an der Stelle, an der sie graben wollten, einen größen Kreis von neunerlei Kräutern und begannen ihre Arbeit. Doch sie waren noch nicht lange dabei, da kam eine ganz schwarze Kutsche angefahren, vor die feuerspeiende Pferde gespannt waren. Aus ihr stiegen zwei schwarze Gestalten, die in den Wald gingen und bald darauf mit gewaltigen Bäumen zurückkamen, aus denen sie einen hohen Galgen zimmerten. Als der fertig war, stiegen sie herunter, kamen gerade auf die Schatzgräber los und sagten: "Nun wollen wir sie nur gleich aufhängen!" Aber kaum hatten die beiden Dreetzer das gehört, als sie eilig die Flucht ergriffen und ihren Schatz im Stich ließen.

DER HOLZDIEB

Ein Mann aus Kränzlin kam sehr früh mit gestohlenem Holz aus dem Wald, als ihm ein anderer begegnete und ihn so anredete: „Wieso kommst du heute so früh?" Er erhielt zur Antwort_ „Der liebe Gott schlief noch." Als der Dieb nach Hause kam, schlief er ein und schlief fort, ohne dass ihn jemand erwecken konnte. Endlich ließ ihn der Pfarrer zur Kirche tragen und vor dem Altar niederlegen, wo er auf kurze Zeit erwachte und sprach: „ Irret euch nicht, Gott lässt sich nicht spotten! „ Dann schlief er erneut ein, und niemals wieder zu erwachen.

KÖNIG HINZ

In grauer Vorzeit gab es in der Prignitz einen König, der hieß Hinz. Er war gut und gerecht zu jedermann und überaus beliebt bei seinen Untertanen wie nie ein Herrscher zuvor. Doch niemand lebt ewig und so starb auch der König eines Tages. Jedoch sein Volk beschloss, wenigstens die Erinnerung an diesen treuen Führer auf alle Zeiten lebendig zu halten; so errichtete man dem Toten ein wahrhaft königliches Grabmal, welches einzig in seiner Art sein sollte: In drei verschiedenen Särgen, wovon der wertvollste in Gold getrieben war, bestattete man den Edlen sowie seine Gemahlin und eine treue Dienerin, die ihm voller Schmerz in den Tod gefolgt waren. Auf dass niemand fürderhin die Ruhe des Herrschers stören könne, wurde ein mächtiger Hügel um das Grab aufgeschüttet - so entstand der "Hinzberg".

Durch die Jahrtausende hinweg wurde nun die Geschichte von König Hinz von Generation zu Generation weitergegeben, so, wie es einst der Wille der Menschen gewesen war. Im vorigen Jahrhundert jedoch machte sich ein Bauer, in dessen Besitz der Hügel lag, an das Aufgraben. Ruhelos verbrachte er die Tage mit Wühlen und förderte doch nichts als Steine zutage. Da er darüber vergaß, seinen täglichen Pflichten nachzugehen, stand er bald arm und mittellos dar. Vielleicht ist es aber auch die Strafe des Königs gewesen, die ihn für seine Habgier traf.

Den Berg jedoch hat man nicht wieder in Ruhe gelassen. Im Jahre 1899 legten Archäologen die Grabkammer frei und bargen bronzezeitliche Gefäße mit den Resten dreier Personen, darunter eines Mannes in einem Bronzegefäß von einzigartiger Form - dem "goldenen" Sarg, wohlbeschützt von den beiden äußeren Umhüllungen, der Steinkammer und der Erdaufschüttung. Es gibt aber in der Nähe noch zwei weitere Hügel, in denen der Fingerring des

Königs und andere Habseligkeiten liegen sollen.

DAS KÖNIGSGRAB VON SEDDIN

Nahe Seddin, ungefähr auf halber Strecke zwischen Pritzwalk und Perleberg, erhebt sich einer der größten Grabhügel Europas. Mit ursprünglich etwa elf Metern Durchmesser, an seinem Fuß außerdem von einem Kranz zentnerschwerer Feldsteine umgeben, bietet er seit ewigen Zeiten weithin einen imposanten Anblick. In diesem Hügel, so berichtete im vorigen Jahrhundert die Überlieferung, sei der Riesenkönig Hinz oder Hinze begraben.
Dieser würde in einem dreifachen Sarg ruhen: einem ersten aus purem Gold, dieser stehe in einem zweiten aus reinem Silber und der wiederum in einem dritten Sarg ganz aus Kupfer. Bei sich habe der König außerdem sein goldenes Schwert und andere kostbare Kleinodien. Damit nicht genug: ein weiterer großer Hügel in der Nähe berge den goldenen Fingerring des Riesenkönigs in sich, so groß wie ein Armring für gewöhnliche Menschen, und in einem dritten Hügel gar ruhe die Schatztruhe des großen Herrschers.
Als man daranging, einen der drei Hügel - den, der den Fingerring enthalten sollte - abzutragen, fand man in seiner Mitte tatsächlich einen goldenen Armring. Da hatte man den Fingerring des Riesenkönigs! Umso mehr glaubte man nun an den Schatz im Hinzerberg und daran, dass in

dem dritten Hügel die Schatztruhe ruhe. Dieser Hügel wurde ganz und gar abgetragen, aber der Schatz fand sich nicht. Doch der Fund des goldenen Ringes ließ den Besitzer des Hinzerberges nicht ruhen. Es ging ihm schlecht, da er mehr Zeit im Krug als auf seinem Feld und dem Hof verbrachte. Hinzes Goldsarg sollte ihn herausreißen. Also ans Werk. Wochen um Wochen brachen er und sein Knecht mit der Radehacke die Steine und schafften sie den Berg hinunter, so dass der spätere Besitzer viele hundert Fuhren Steine zum Bahn- und Chausseebau verkaufen konnte und ein gewaltiger Krater in dem Königshügel entstand. Der Goldsarg kam jedoch nicht zum Vorschein. Nur ein Bronzeschwert und einige andere Bronzen wurden gefunden. Diese aber sind dem Bauern verschollen, den die Schulden von Haus und Hof vertrieben. Erst sein Nachfolger fand das Gold in den Steinen, indem er sie verkaufte.

Schließlich wurde dennoch der dreifache Sarg mit den Überresten des Königs Hinz entdeckt. Als man vor hundert Jahren beim Steinabbau auf eine Grabkammer stieß, fanden sich außer Schmuck und Waffen auch ein großes Tongefäß und darin eine kostbare Bronzeamphore mit den Bestattungsresten eines Mannes, dem König Hinz der Sage. Und auch das Schwert des Königs fand sich: mit der Spitze nach oben steckte es im Lehmfußboden der Grabkammer.

Zwar nicht aus Gold, sondern aus einer durch das Alter grün patinierten Bronze; in neuem Zustand - zu Zeiten des Königs Hinz - hatte es jedoch einst genauso goldgelb geglänzt wie das prächtige Bronzegefäß, das diesem zuletzt als Urne diente - der goldene Sarg der Sage.

TRAGSAGE VOM TEUFELSBERG

Ein Wolfshagener Bauer traf einst an jener Stelle einen Fremden, der ihn bat, er möge ihn gegen reiche Belohnung nach Seddin tragen. Obwohl die Last immer schwerer wurde, führte der Bauer diesen Auftrag aus. Als er den Fremden in Seddin absetzte, wies dieser ihn an, zurückzugehen bis zu dem Platz, wo er ihn aufgenommen habe. Wenn er dort nachgraben würde, so würde er einen großen Schatz finden, den er, ohne ein Wort zu sprechen, nach Hause bringen müsse.

Der Bauer tat, wie ihm geheißen wurde. Als er aber beim Nachgraben eine Truhe voll Gold fand, entfuhr ihm ein Ruf des Staunens. Sogleich war der Schatz verschwunden und an dieser Stelle erhob sich der Berg, der nun Teufelsberg heißt.

Eine weitere Sage vom Teufelsberg besagt Folgendes:

Es passiert nämlich mitunter Bauern, wenn sie des Nachts mit Pferd und Wagen am Teufelsberge vorüberkommen, dass sie von einem Fremden gebeten werden, ihn ein Stück Weges zu fahren. Das erlebte auch einmal ein Bauer, und weil dem Fremden die Fahrt nicht schnell genug ging, wollte er die Peitsche benutzen, um die Pferde anzutreiben. Der

Fremde untersagte ihm das jedoch. Als der Bauer trotzdem wieder die Peitsche benutzte, entfuhr sie ihm plötzlich aus der Hand. Am nächsten Tage ging er, seine Peitsche zu suchen und fand sie oben in den Baumwipfeln am Teufelsberge. Nun erst merkte er, dass er mit dem Fremden durch die Lüfte gefahren war.

"Endlich wissen auch noch Bauern der Umgebung zu erzählen, dass sie des Nachts zwischen 12 und 1 Uhr auf dem Teufelsberge des öfteren einen Feuerschein bemerkt hätten."

DER TEUFELSBERG BEI WOLFSHAGEN

In Wolfshagen lebte vor Zeiten ein Bauer, der hieß Schwarz. Er war ein freundlicher, gefälliger Mann, der seinen Mitmenschen selten eine Bitte abschlagen konnte.

Als er eines Abends mit seiner Frau in der Stube saß, ließ sich plötzlich am Fenster ein Klopfen vernehmen. Da sich auf die Frage "Wer ist da?" niemand meldete, schaute Schwarz heraus und sah vor dem Haus einen Fremden stehen, der ihn darum bat, ihn doch bis zum nächsten Dorf zu fahren, da er müde sei. Der Bauer war auch sofort einverstanden und spannte sogleich die Pferde an. Nun holte er zudem noch die Peitsche hervor, um die Fahrt etwas zu beschleunigen, doch der Fremde meinte, dass dies nicht nötig sei, die Pferde würden schon von allein schneller laufen. Als nun Schwarz trotzdem zum Schlag ausholte, verfing sich die Schnur im Geäst eines am Wege stehenden Baumes und blieb dort hängen. Es dauerte nicht lange, so war die Fuhre am Nachbardorf angekommen. Der Fremde verabschiedete sich vom hilfsbereiten Bauer und überreichte ihm als Dank eine recht schwere Kiepe, die dieser jedoch erst zu Hause öffnen durfte. Auf der Rückfahrt nun hielt der Bauer nach der verlorengegangenen Peitsche Ausschau. Wie erstaunte er aber, als er das Gerät an der höchsten Spitze einer uralten, großen Eiche, die zudem noch auf einem Hügel stand, hängen sah. Mit rechten Dingen konnte das nicht geschehen sein, zudem es bisher niemanden gelungen war, diesen Baum zu besteigen.

Voller Argwohn öffnete der Bauer nun die Kiepe - sie war bis zum Rand mit Pferdedung gefüllt. Voll Ärger schüttete der Mann nun den Behälter aus und begab sich auf den Heimweg. Zu Hause machte er sich gleich daran, den Gegenstand zu reinigen, staunte aber nicht schlecht, als ihm jetzt einige Goldstücke entgegenrollten. Eilends begab sich Schwarz nun zu der Stätte, an der er die Kiepe geleert hatte, doch weder Dung noch Gold waren aufzufinden.

Aber er wusste nun, was sich begeben hatte: er hatte den Teufel gefahren und war mit ihm durch die Lüfte gesaust - so konnte es auch geschehen, dass die Peitsche am höchsten Wipfel der Eiche hängen blieb.

Seit jenem Ereignis aber wurde der Hügel, auf dem besagter Baum stand, "Teufelsberg" genannt.

DAS HÜNENGRAB BEI MELLEN

Als es in der Prignitz noch Riesen und Zwerge gab, hauste bei Lenzen ein gewaltiger Riese. Um seine Kraft zu proben und zu üben, schleuderte er einmal große Findlingsblöcke über den Rambower See. Als er gestorben war, legten seine Genossen diese Steine zu einer Grabkammer zusammen und betten den Riesen hinein.

ROSWITHA VON MELLEN

Zur Slawenzeit gab es in der Prignitz kein schöneres Mädchen als Roswitha, die Tochter des Herrn auf Mellen, Ludowin. Dieser war ein wohlhabender und einflussreicher Mann, gehörten ihm doch viele in Kriegszügen erbeutete Schätze. Doch eines fehlte Herrn Ludowin: ein Sohn, der alles hätte erben und weiterführen können. Missmutig war dieser darüber und beschloss als Heide und erbitterter Feind der Christen, dass seine einzige Tochter Roswitha nur einen Heiden zum Mann bekommen solle.

Inzwischen war die Kunde von der Schönheit des Mädchens durch die Lande gegangen und hatte Freier von nah und fern angelockt. Doch dem gestrengen Vater gefiel nur einer, es war Jagomir, der Sohn des Häuptlings Dragid, ein Heide, aber zugleich auch ein wilder Raufbold. Unverzüglich versprach Ludowin dem Christenfeind seine Tochter zur Frau. Roswitha dagegen konnte an dem wilden Gesellen keinen Gefallen finden, schon längst hatte sie ihr Herz an Siegfried, dem Sohn des Herrn auf Stavenow, verloren. Dieser war alles andere als ein Heide: erzogen im christlichen Kloster zu Lüneburg, hegte Siegfried einen tiefen Abscheu gegenüber jeglicher Grausamkeit. Längst war dies süße Geheimnis dem rauhen Jagomir hinterbracht worden, der seitdem nur noch einen Gedanken kannte: seinen vermeintlichen Nebenbuhler auszuschalten. Die Gelegenheit dazu ließ nicht lange auf sich warten. Eines Abends traf sich das Liebespaar außerhalb des Dorfes, um zu einem Spaziergang zum Rambower See aufzubrechen. Doch nach wenigen Schritten stürzte eine dunkle Gestalt aus dem Gebüsch. Jagimir war's, der sich, mit einem Messer in der Hand, auf den ahnungslosen Siegfried warf und ihn auf der Stelle erstach.

Siegfried wurde an der Stelle, an der er ermordet worden war, begraben. Ihm zu Gedenken wurde ein Grabmal errichtet: man hat dazu die größten Steine genommen, die weit und breit in der Gegend zu finden waren. Und Roswitha? Siegfrieds Tod hat sie nicht verwinden können, sie verlor den Verstand, welkte dahin und wurde wenige Zeit später an Siegfrieds Seite begraben.

An jedem Jahrestage von Siegfrieds Tod kann man sie sehen: es ist eine weißgekleidete Gestalt mit blassen Gesicht, die, auf dem Hühengrabe sitzend, wehklagend nach ihrem Geliebten ruft.

SABINE UND DER TEUFEL VON ARNIMSWALDE

Dort, wo sich zu Füssen des Spitzberges ein glitzernder See an die Hügel schmiegt, so wie ein Weib, das sich in der Sonne räkelt, bestellte ein junges Bauernpaar den steinigen Acker. Mann und Frau waren so arm, dass sie sich ihren sehnlichsten Wunsch, ein Kind zu haben, versagen mussten. Darüber wurden sie stumm gegen einander und wagten es kaum, ihre Liebe zu zeigen. Als sie eines Abends nach einem heißen Sommertag auf dem staubigen Acker im Garten hinter ihrem Häuschen saßen, in die untergehende Sonne blinzelten, sich die Augen wischten, um danach ihre Blicke traurig ineinander zu versenken, hörten sie Pferd und Wagen über die Arnimswalder Dorfstraße poltern. Wie erstaunten sie, als der vornehme Wagen ausgerechnet vor ihrer armseligen Kate hielt.

Ein Herr stieg aus. Er war in einen schwarzen Umhang gehüllt und auf dem schmalen Kopf trug er einen hohen Zylinder. Die Hände waren weiß, und die Fingernägel lang wie bei einem, der für sein Auskommen noch nie zu arbeiten brauchte. Dieser Herr klopfte nun an ihre wacklige Tür, trat ein, ohne die Aufforderung dazu abzuwarten und stand plötzlich mitten in ihrem Garten.

Wegen der hohen Ehre hatten Mann und Frau diese Unart nicht wahrgenommen und fragten artig nach seinem Begehr. Der Herr sagte, dass er eine lange Reise hinter sich habe und Quartier suche, als erstes jedoch einen Schoppen Wein zu trinken wünsche.

Das Paar entschuldigte sich. "Wir sind so arm", sagte der Bauer, "dass wir nicht einmal ein Bett besitzen. Wir schlafen auf Stroh. Auch haben wir keinen Wein." Die junge Frau senkte beschämt die Augen. Ihr Mann aber eilte zum Brunnen, der in der heißen Jahreszeit nicht immer genug Wasser führte und versuchte, die Pumpe in Gang zu setzen.

Der feine Mann lächelte das junge Weib freundlich an und ging mit leicht schwankendem Schritt dem Bauern hinterher, weil ihm ein Fuß zu kurz gewachsen war.

"Ich weiß ein Mittel," zischelte er dem Bauern ins Ohr, Dich und Deine Frau Euer Leben lang reich und glücklich zu machen." Den Bauern überkam ein Zittern. War es Angst vor dem Ungewissen oder die ungezügelte Erwartung endlich ein Kind zu haben? Er wusste es nicht und hob unsicher den Kopf. "Wie soll ich reich werden, Herr und was ist der Preis?" presste er hervor.

"Wenn Du in den Stall gehst, wirst Du dort Pferd, Kuh, Schaf und Hühner vorfinden. Ein Esel wird Dir Gold ins Stroh legen, so oft Du ihm drei mal hintereinander die Ohren lang ziehst. Doch wenn Deine Frau nach neun Monaten einer Tochter das Leben schenkt, will ich sie zur Frau und komme an ihrem achtzehnten Geburtstag, um sie zu holen.

Der Bauer dachte daran, dass der Vertrag nicht gelten würde, wenn seine Frau zuerst einem Jungen das Leben schenkte. Er willigte in den Handel ein und betete heimlich zu Gott, dass alles gut gehen möge. Er ergriff zur Besiegelung des Handels die langen Finger des Fremden und bemerkte nicht, dass dessen Nägel ihm die Haut ritzten, so dass ein Blutstropfen auf ein weißes Papier fiel, dass der Fremde schnell unter seinem Umhang verschwinden ließ. Der hatte es nun eilig fort zu kommen. Er ging zurück ins Haus, verabschiedete sich artig von der schüchternen jungen Frau und eilte mit großen Schritten aus der Tür. Dabei zog er den kürzeren Fuß über die eiserne Schwelle. Da sah der Bauer die Funken sprühen und wusste, dass er einen Pakt mit dem Teufel geschlossen hatte.

Er begehrte weder Kind, Geld noch Gut und eilte in den Stall, um zu sehen, ob er nach der Hitze des Tages vielleicht nur geträumt habe. Aber nein. Er fand dort ein Pferd, eine Kuh, das Schaf und die Hühner vor. In einer Ecke stand der Esel und rief IA, so dass er ihm wie von fremder Hand geführt, dreimal an den Ohren zog. Schon lag ein Goldtaler im Stroh und der Bauer vergaß über so viel Glück seine Sorgen.

Seiner Frau erzählte er, dass sich der Fremde für die reichen Gaben eine Frau wünsche. Es sollte ihre Tochter sein. Die Frau war zufrieden und fragte nicht weiter, denn was sollte sie sich mehr wünschen als für ihre Tochter einen reichen wenn auch älteren Mann, der ein kürzeres Bein etwas nachziehen muss. Als die junge Frau nach neun Monaten einem Mädchen das Leben schenkte, kam dem Bauern die Quelle ihres Wohllebens wieder in den Sinn. Die Heiterkeit der letzten Monate war verflogen und er brütete mit dumpfem Gesicht vor sich hin. Warum bläst er Trübsal, fragte sich seine Frau und dachte, dass er wohl lieber einen Jungen gehabt hätte. Mutig fragte sie ihn und er nickte stumm und traurig mit dem Kopf.

Die junge Bäuerin windelte das Kind und sang es in den Schlaf. Mutter und Tochter wurden durch das sorgenfreie Leben immer schöner. Selbst der Spiegel, den sie sich geleistet hatte, gab ihr ein anmutiges Bild zurück, so dass sie sich fragte, warum ihr Mann von so tiefer Traurigkeit befallen war. Sie nannte das Mädchen Sabine. Es wuchs in den Wiesen auf, sprach mit den Tieren und Pflanzen und am liebsten sah sie den Kranichen bei ihrem Morgentanz zu. Mit ihnen möchte ich einmal ziehen, wünschte sie sich. Sie entwickelte ein so liebes und zartes Wesen, dass Mutter und Vater ihren Stolz an ihr hatten und mit den Jahren überzog das Gesicht des Bauern ein inniges Lächeln.

Einige Tage vor Sabines achtzehnten Geburtstag bereiteten die Eltern ihr Kind, das so gerne leichtfüssig mit den Kranichen in den Wiesen tanzte, darauf vor, dass ein reicher Herr kommen und sie zur Frau nehmen werde. Das holde Antlitz der angehenden Braut verfinsterte sich. Sie stampfte mit dem Fuß auf die Schwelle, dass die Funken stoben und rief zornig: "Niemals werde ich einen Fremden heiraten!"

Der Bauer nahm sein wütendes Kind in den Arm, hatte er doch beim Anblick der funkensprühenden Holzpantinen, auf die er erst vor einigen Tagen neue Eisen geschlagen hatte, Hoffnung gewonnen, dass alles nur Zufall sei und er sich vielleicht doch nicht mit dem Teufel eingelassen habe. Alles könnte gut ausgehen, wie seinerzeit, als die Armut an ihnen nagte. Er hatte mit dem Vieh gut gewirtschaftet und dem Esel nur wenige Male an den Ohren gezogen. So lebte er mit seiner Frau und Sabine inmitten herrlicher Natur bescheiden glücklich und zufrieden. Er hatte den Teufel nicht versucht und nur genommen, was sie zum Leben brauchten.

Sabines achtzehnter Geburtstag wurde feierlich begangen.

Die bangen Herzen von Vater und Mutter trübten ein wenig die ausgelassene Stimmung der jungen Leute, die Sabine um sich versammelt hatte. Auch die Vögel, die Tiere aus Feld, Wald und Wiese hatten sich um das hell erleuchtete Haus versammelt, um Sabine in ihrem Geburtstagsglück von ferne zu grüßen.

Als die jungen Leute gegangen waren und die Nacht über Haus und Hof hereinbrach, atmeten Vater und Mutter auf, denn der Fremde war nicht gekommen.

Da schlug die Uhr zwölf. Der Böse stand mit unverhüllter Fratze und Krallenfingern in der Tür: "Sabine!" schrie er. "Ab heute bist Du meine Frau!"

Sabine, die in stummer Zwiesprache mit den Tieren aus Feld und Flur im hellen Mondschein stand, erschauerte. Sie rannte fort, so schnell die Beine sie trugen und alle Tiere folgten, um ihre Gefährtin vor Unglück zu bewahren. Auf dem Spitzberg, der vor dem Sabinensee in den Himmel ragt, sah sie, dass sie vor dem Teufel, der ihr dicht auf den Fersen folgte, keine Chance hatte, wenn sie nicht versuchte, über den See zu springen. Lieber tot als in den Klauen dieses Unholds, dachte Sabine und alle Tiere machten ihr Mut.
"Spring!", riefen die Kraniche," wir tragen Dich hinüber".
"Spring!", sagte der Fuchs," ich halte den Teufel auf".
"Spring!" sagte der Schmetterling," ich verwirre den Teufel mit meinem flatternden Flug" Sabine sprang.

Die Kraniche trugen Sabine auf ihren Flügeln, der Fuchs hielt den Teufel auf und der Schmetterling tanzte hin und her, so dass der Teufel, der schon zum Flug angesetzt hatte, nicht wusste, welche Richtung er einschlagen musste.

So rief er alle vier Winde, die über dem See zusammen stießen. Ihr Aufprall schleuderte die Kraniche senkrecht in die Höhe. Sabine rutschte von ihren Flügeln. Das sahen die Fische und befahlen dem Nordwind, das Wasser zu teilen, damit das zarte Kind bei seinem Sturz auf den weichen Thron in ihr Spiegelschloss fiel.

Dort sitzt Sabine fortan in funkelnder Pracht. Sie hat Ertrunkene zu neuem Leben erweckt und zu ihren Gespielen erwählt. Sie leben in Harmonie und Sabine passt auf, dass kein böser Geist je an ihre Pforte klopft.

Des Sommers, wenn die Sonne über dem See das Wasser besonders hell glitzern lässt, kann man kopfunter in das bleiche Gesicht der schönen Sabine schauen und man hört, wie sie ihren Gespielen die Geschichte der Kraniche erzählt, die auf ihren weiten Flügen mit ihren sehnsuchtsvollen Rufen durch die Reiche des Lebens und Sterbens die Seiten wechseln, ohne zu wissen, wo ihr Zuhause ist.

DER ROTE HANS

An den Ufern der Uckerseen lebten die Bauern

gern aber sehr arm. Ihre Erntewagen waren alt und die buckligen Wege zum Prenzlauer Markt krumm. So früh ein Bäuerlein auch aufbrechen mochte, es erreichte den Markt erst in den Mittagsstunden und konnte das trocken gewordene Heu oft nicht mehr verkaufen.

Eines schönen Sommertages sagte eine arme Bäuerin ihrem Mann, dass sie ein Kind bekommen werde. Dem Bäuerlein ward sein Herz schwer und auf seinem beschleunigten Weg zum Prenzlauer Heumarkt in glühender Sonne fürchtete er verzweifelt erneuten Verlust. Da sah er über der traumschönen Landschaft die Haare des "Roten Hans" in der Sonne leuchten. Der raste mit seinem Heuwagen über den Uckersee. Der Ungläubige kam von der slawischen Fluchtburg und würde wieder, wie schon so oft, als erster sein Heu verkaufen. So geschah es auch dieses Mal. Mit seinem unverkauften Heu fuhr das Bäuerlein heimwärts und schwor sich, das nächste Mal seinen Wagen neben dem Ungläubigen über die Ucker zu fahren. Er wollte dabei zu Gott beten, dass ihm seine Familie erhalten bleibe. So würde noch alles gut werden. Das glaubte er frohgemut und besprach alles mit seiner tapferen Frau.

Am nächsten Markttag gelang es dem Bäuerlein hinter dem Roten Hans über das Wasser zu fahren. Seine Pferde und der alte Wagen schienen zu fliegen. Er überholte den "Roten Hans" und war als erster auf dem Heumarkt in Prenzlau. Er verkaufte sein noch frisches Heu vor dem wütenden Ungläubigen zu einem guten Preis und betrat kurz darauf ein Wirtshaus, um sich nach der langen Zeit des Darbens, einen guten Bissen zu leisten.

Der Wirt sah das Bäuerlein und hinter ihm den roten Schopf des wilden Hans. Er ahnte nichts Gutes und log: "Meine Küche ist leer." Schnell aber fügte er mit Blick auf den rasenden Hans kleinlaut hinzu: "Ich habe noch einen großen und einen kleinen Fisch." Bäuerlein sagte zufrieden: "Mir reicht der kleine Fisch" während der "Rote Hans" nach dem großen Fisch schrie. Als der Wirt mit der Pfanne kam, griff das Bäuerlein nach dem kleinen Fisch, während der Rote Hans mit seiner groben Faust den großen Fisch packte. Aber siehe da, als das Bäuerlein seinen kleinen Fisch verspeist hatte und sich zufrieden den Mund wischte, hielt er einen neuen frisch gebratenen Fisch in den Fingern. So ging es fort bis er so satt war, wie noch nie in seinem Leben. Dem "Roten Hans" aber war der große Fisch zwischen seinen Zähnen klein geworden. Den Wirt grauste es bei diesem Anblick. Er schob beide Gäste vor die Tür und verschloss seine Wirtschaft. Der Rote Hans aber bestieg wütend seinen Wagen und jagte über die Ucker davon. Sein rotes Haar leuchtete in der untergehenden Sonne sieben Tage und sieben Nächte. Seither ward der Ungläubige nie wieder gesehen. Das Bäuerlein aber fuhr zufrieden und dankbar auf den buckligen Uferwegen heim zu seiner Frau und dem werdenden Kind. Er hatte das Gefühl, dem Teufel entronnen zu sein.

Auf dem Burgwall aber, der von der slawischen

Fluchtburg nach einem tagelangen Brand geblieben ist, ästen fortan die Schafe. Sie gediehen prächtig und linderten die Not der christlichen Bauern.

DIE DREI SCHÖNEN VON BERKENLATTEN

Es war der Amtmann aus Suckow, einer derer von Arnim, ein mächtiger Mann, der lange vor dem dreißigjährigen Krieg in dieser armen kargen Gegend seinen Reichtum anhäufte. Die Bauern flüsterten sich deshalb zu, dass es bei ihrem Herrn nicht mit rechten Dingen zugehen könnte. Schon das Sprechen über eine solche Möglichkeit löste grosse Angst aus, so dass die Bauern hart arbeiteten und ohne Murren jede Ungerechtigkeit einsteckten, denn ihre Vermutungen hatten vielleicht einen realen Kern. Eines Tages, als der Amtmann gerade vom Besuch eines Vetters aus Groß Fredenwalde kam und seine Kutsche an der Kirche von Berkenlatten vorüber fuhr, geriet er trotz seiner Wut über das vergebliche Treffen in tiefes Nachdenken. Seine älteste Tochter wollte den armen Vetter heiraten. Das gefiel ihm nicht. Er wehrte sich seit Jahren gegen diese Heirat und konnte weder bei seiner Tochter noch bei den Vettern in Groß Fredenwalde auf Verständnis hoffen. Das Herz wurde ihm schwer. Jetzt gewahrte er einen dunkel gekleideten Mann auf dem Trittbrett. Der klopfte heftig an die Wagentür. Es war der Tod, der ihm sagte: „Komm mit!" In dieser Stunde gilt dein

Reichtum nichts. All deine Freude und Macht über alles, was dein ist, geht jetzt zu Ende. Du bist mein!" Den Amtmann grauste es. Atemnot befiel ihn und er schärfte seinen Geist, denn er wollte sich noch etwas Zeit verschaffen. Seine Töchter waren noch nicht verheiratet, er hatte nie zugelassen, dass sie sich nach ihrer Wahl entschieden. Vor allem musste er verhindern, dass sich die Älteste diesem Habenichts an den Hals warf, dem sie sich seit langem heimlich versprochen hatte. Lass mich noch etwas leben, bat der Amtmann den Tod. Er sprach die Zauberformel des letzten Mittels und der Tod wich laut hustend einer stinkenden Wolke aus, in der ein feiner Herr mit einer langen Feder am Hut sichtbar wurde.

Der Amtmann hatte ihn gerufen, den feinen Herrn, den Teufel. Ihm hatte er Reichtum und Zauberkünste zu verdanken. In seiner Not war er endlich bereit, den Pakt mit ihm zu schließen, um den er den Bösen so lange betrogen hatte. „Du sollst meine Seele haben", sagte der Amtmann, wenn du mir noch einige Jahre bei guter Gesundheit verschaffst." „Jetzt, lieber Amtmann", sagte der Teufel liebenswürdig aber mit scharfer Zunge, bin ich an der Reihe, Bedingungen zu stellen. Du hast mich lange auf dein Versprechen warten lassen." „Was willst du noch von mir, da du doch meine Seele hast?", fragte der Amtmann atemlos. „Sie ist leicht geworden, Amtmann, gib mir die Seelen derer, die dir entgegen springen, wenn dein Wagen in den Schlosshof einbiegt." Den Amtmann durchfuhr ein Schmerz und er versank in kurzes Nachdenken. Er suchte sich zu erinnern, wer ihm zuerst entgegen gesprungen kam, sobald seine Kutsche in den Schlosshof rollte.

Traurig musste er sich eingestehen, dass es schon lange nur sein treuer aber alt gewordener Hund Troll, seine dreibeinige Katze Mise Pupise und sein hinkender Pferdeknecht Erwin Spann waren, die ihm noch entgegen kamen, wenn seine Kutsche in den Schlosshof fuhr. Seine Frau war lange gestorben und die Töchter wollten nichts von ihm wissen. Hund, Katz und Knecht wollte er gerne für den Gewinn einiger Lebensjahre opfern und sich seinen Töchtern widmen, die wegen seiner Härte im Seitenflügel des Schlosses lebten und nur erschienen, wenn sie gerufen wurden.

Also schloss er den Vertrag und besiegelte ihn mit seinem Blut.

Auf dem Schloss aber hatten die beiden jüngeren Töchter der Ältesten endlich versprochen, ihr zu helfen, sich gegen den hartherzigen Vater durchzusetzen. Schließlich wünschten auch sie, zu heiraten und dachten nicht dran, sich vorschreiben zu lassen, mit wem sie ihr künftiges Leben zu teilen hätten. So nahmen sich die drei Mädchen vor, dem Vater mutig entgegen zu treten, um ihm zu sagen, dass er wählen könne, sie auf immer zu verlieren, oder sie nach eigenem Wunsche ziehen zu lassen. Schon von ferne hörten sie des Vaters Wagen über das holprige Pflaster rollen. Sie hatten sich, während der Vater in Groß Fredenwalde weilte, bräutlich geschmückt und eilten ihm entgegen. Sie standen auf der Brücke, die über den Schlossgraben führt, als der Kutscher von der Pflasterstraße in den Schlosshof einbog. Hier wollten sie den Wagen des Vaters aufhalten und ihn zwingen, sich zu entscheiden. „Halt!" schrie der Amtmann. Zu spät. Die Jüngste war auf den Kutschbock gesprungen und die beiden Älteren rechts und links auf das Trittbrett. Sie öffneten die Tür noch während der Fahrt und fielen dem Vater zur Rechten und Linken tot in die Arme. Auch die Jüngste, der Kutscher hatte ihr hilfreich die Hand gereicht, war tot an dessen Seite gesunken. Der unglückliche Amtmann liess seine Töchter in Berkenlatten, dem Ort, an dem ihm der Tod erschienen und er den Pakt mit dem Teufel geschlossen hatte, begraben. Mit ihnen begrub er auch seinen Reichtum und bat den Tod, ihn zu erlösen. Der aber ließ auf sich warten. So musste der Amtmann noch erleben, dass sich der junge Bräutigam seiner Ältesten an der Friedhofsmauer erschoss. Noch viele hundert Jahre zeugten dunkle Flecken neben der Eingangspforte von seinem schmerzlichen Tod. Schließlich wurde die Gegend nach Dürrejahren wüst und die Kirche verfiel. Vom Ende des Amtmanns jedoch fehlt jede Kunde. Einst kam in jüngerer Zeit ein Pfarrer in einer warmen klaren Vollmondnacht fröhlich bezecht um die zwölfte Stunde von der Kindtaufe einer Verwandten an der wüsten Kirche vorbei. Von seiner Kutsche aus sah er das Kircheninnere hell erleuchtet. Er ließ den Kutscher halten, stieg aus dem Wagen und ging, sich bedächtig bekreuzigend, auf den Friedhof. Dort sah er durch die Fensteröffnung drei schöne, bräutlich geschmückte Mädchen andächtig tanzen und singen, doch konnte er sie nicht hören. Deshalb rief er: „Alles, was mit Gott getan ist, ist wohl getan." Plötzlich waren die Erscheinungen verschwunden. Der Vollmond schien wieder hell und klar und verbreitete eine große Stille über der Gegend. So haben die Mädchen vielleicht ihre Ruhe gefunden, denn der Kirchhof wird wieder betrieben und die Menschen gedenken derer, die gestorben aber nicht vergessen sind.

Auch die Störche nisten auf dem Giebel der Wüsten Kirche und geben dem Ort des Todes die Hoffnung der Wiedergeburt.

DER HECHT VOM GOTTSEE

Ein Hecht hat seinen Zahn verloren und sein Proviant ist zu Ende gegangen. In der Stadt Colpin will er sich einen Goldzahn und neues Proviant besorgen. Die Menschen haben ihn nicht ernst genommen und weg geschickt. Da geht der Hecht zu einer Fischfee und sagt, dass er ein Mensch werden will. Aber die Fee sagt, dass er nur im Notfall ein Mensch werden darf dass ihr Zauber nur des Nachts wirken kann und er am Tage unsichtbar sein wird. Es ist ein Notfall, sagte der Hecht, denn ich bin als Babyfisch verwunschen worden, weil ich Menschenproviant fressen musste, das die

Menschen mit Büchsen und Papier in den Gottsee geworfen haben. Das Wasser im Gottsee war davon so verdorben, dass ich nichts mehr fressen konnte. Die Fischfee bedauerte den Hecht und sagte: Dieser Notfall ist die erste Probe. Du hast einen Wunsch frei, wenn du noch zwei Proben bestehst. Was soll ich machen, fragte der Hecht ungeduldig. Komme morgen und erzähle mir, was du erlebt hast. Der Hecht schwamm davon und traf eine Schnecke. Wegen seines großen Hungers wollte er sie fressen. Die Schnecke sagte: Friss mich nicht, dann hast du einen Wunsch frei. Der Hecht erzählte am nächsten Morgen der Fischfee was er erlebt hatte. Sie sagte: Du hast einen Wunsch frei, wenn du noch eine Probe bestehst. Was soll ich machen, fragte der Hecht wieder und die Fischfee sagte wie am Tag zuvor: Komme morgen und erzähle, was du erlebt hast. Der Hecht schwamm davon und traf einen Wurm, der an einem Angelhaken hing. Das hat der Hecht nicht gesehen und wollte den Wurm fressen. Da sagte der Wurm, Friss mich nicht, sonst wirst du selbst gefressen. Mach mich frei, dann hast du einen Wunsch frei. Der Hecht tat wie ihm geheißen. Als der Hecht am nächsten Morgen zur Fischfee kam, erfüllte sie ihm seinen Wunsch, Mensch zu werden. Er stand nun ganz nackt am Ufer, sah an sich herunter und drehte sich suchend um. Da erblickte er einen Rucksack mit Männersachen. Die Sachen zog der Hechtmensch an, setzte sich den Rucksack auf den Rücken und ging in die Burg. Dort hat er Gold und Proviant gefunden und mitgenommen.

Als die Nacht schwand und der erste Sonnenstrahl aufbrach, nahm der Hecht seine wahre Gestalt an und ist im Gottsee verschwunden. Das Gold hatte er in seiner Schwanzflosse versteckt. Voller Freude tauchte er auf und ab und schlug mit der Flosse so heftig auf die Wasseroberfläche, dass das Gold im hohen Bogen in die Luft und dann geradewegs in die Scheren eines alten Krebses fiel.

Oh, sagte der Krebs, was für ein schöner glänzender Stein, wer den wohl verloren hat? Ich, ich, ich, sagte der Hecht. Und der Krebs sagte beleidigt: Das musst du mir beweisen. Der Hecht sagte: Ich beweise es dir, aber nur, wenn du mir für meinen verloren gegangen Zahn einen Goldzahn einsetzt. Stolz schnitt der Krebs mit seinen Scheren das Gold zurecht und setzte es dem Hecht zur Probe anstelle des fehlenden Zahns ein. Ohne dem Krebs den gewünschten Beweis zu liefern oder sich zu bedanken, schoss der Hecht davon und der Krebs kam nicht hinter ihm her. Inzwischen wurde der Hecht auch von den Menschen gejagt. Aber sie konnten ihn nicht finden, weil er wieder der Hecht im Gottsee war. Der Hecht freute sich, dass er so leicht davon gekommen war. Dabei war er in eine Falle geraten, denn es wurde ein Fischernetz über ihn geworfen, das ihm den Rucksack wegriss und ihn wie die anderen Fische im Netz auf den Bootssteg schleuderte. Hier fand ihn keiner, denn er war dank der Zauberkraft der Fischfee unsichtbar. Er wollte lieber wieder Mensch werden, aber es war ein strahlend heller Tag und tagsüber blieb er Hecht. Er konnte seine Zauberkraft nicht entfalten, Seine Haut wurde trocken und trockener. Dann schoben sich Wolken vor die Sonne und als es anfing zu regnen, waren seine Haut und sein Leben gerettet. Der Regen dauerte den ganzen Tag. Es wurde Nacht und vor dem Mond entfernten sich die Wolken. Nun nahm der Hecht seine starke Menschengestalt an und befreite sich aus dem Fischernetz. Er fühlte die Kraft, zu zaubern, Er hat die Stadt verbannt. Er zauberte aus den Regentropfen haushohe Wellen. Das Wasser stieg immer höher und höher. Die Menschen haben es nicht bemerkt, weil sie schliefen.

HOSENTRÄGER

Die Sage vom "Hosenträger" erzählt von einem Riesen, der seine Geliebte am anderen Ufer des Kölpinsees besuchen wollte und vor Sehnsucht so entbrannt war, dass er den See mit nur einem Schritt überqueren wollte, anstatt ihn geduldig zu umrunden. Für diesen einen Schritt musste sich selbst ein Riese anstrengen. Er blähte dabei Brust und Bauch so auf, dass ein Knopf von seiner Hose abgesprengt wurde und der Hosenträger riss, Beide blieben am Ufer liegen, während der Riese bei seiner Geliebten mit einer offenen und herunterhängenden Hose ankam. Was dann geschah ist nicht überliefert, Auch vom Riesen und seiner Geliebten fehlt jede weitere Spur. Nur der Knopf und der Hosenträger sind noch da. Der Knopf ein kreis-rundes Waldstück am Ufer des

Kölpinsees, der Hosenträger ein schmaler Waldstreifen liegen- aus Temmen kommend an der Straße von Götschendorf nach Milmersdorf rechter Hand kurz vor Milmersdorf Später wurde diese Sage dem Alten Fritz zugeordnet, der - weil es in dieser Gegend verschiedene Sagen von ihm gibt - die Ländereien seiner uckermärkischen Vasallen, vermutlich wegen wirtschaftlicher Nöte kurz nach dem schlesischen Krieg von 1763, im Eilzug inspiziert haben könnte.

ALTER FRITZ UND DER MÜLLER

Der Alte Fritz kam nach den Schlesischen Kriegen 1763 nach Potsdam zurück und fand die Staatskassen leer. Wirtschaftliche Not, wie nach Kriegen häufig, beherrschte das Land. Preußen hatte neue Gebiete erobert aber die Menschen dort waren arm und unzufrieden. Der "Alte Fritz" fühlte sich um seinen Erfolg betrogen, setzte sich auf seinen treuen Gaul und ritt durch die Lande, um zu sehen, ob die Menschen tatsächlich so arm waren, wie ihm seine Minister erzählten. Er ritt auf der alten Handelsstraße von Berlin nach Stettin durch Templin und Milmersdorf und kürzte vor Gerswalde seinen Weg ab, um die alte Kaakstedter Mühle zu sehen, die schon vor 100 Jahren von den Vasallen des Königs wegen schlechter Bewirtschaftung häufig wechselnde Pächter hatte.
Bald stand er vor dem alten ehrwürdigen Gemäuer und einem zweistöckigen heruntergekommenen Wohnhaus. Über der

Eingangstür hing schief ein Schild. Darauf stand: "Haus ohne Sorgen" und vor der Tür saß ein alter Mann mit einer Pfeife im Mundwinkel, einer Katze auf dem Schoß und blinzelte zufrieden in die Sonne.
Wie kann das sein, dachte der Alte Fritz. Das Land in Not und hier sitzt ein Müller auf seiner faulen Haut, anstatt das Land durch seinen Fleiß aus der Armut zu retten. "He, er da, wie kann er sich unterstehen, seine baufällige Bleibe "Haus ohne Sorgen" zu nennen?" Das Haus ohne Sorgen steht in Potsdam "Sanssouci", das ist sein Schloss und er ist dort niemals ohne Sorgen. "Dir Faulpelz sollen meine "Langen Kerls" in Potsdam zeigen, was Sorgen sind. Die werden dich das Arbeiten lehren!" "Nö", sagte der Müller, "lass mich mit Deinen langen Kerls in Frieden. Es war Krieg, die Felder liegen brach, es gibt nichts zu mahlen und ich bleibe hier sitzen und genieße den Tag, wie ihn Gott geschaffen hat."
Der König staunte über seinen armen aber selbstbewussten Untertanen und sagte: "Er ist mir ja ein ganz schlauer und er soll frei sein, wenn er mir drei Fragen beantworten kann." "Nichts leichter als das!" sagte der Müller gleichmütig und paffte gemütlich vor sich hin. Der König fragte:" Wie hoch ist der Himmel?"
"Oh", sagte der Müller und kratzte sich den Kopf."sag die zweite Frage." Hab ich den Maulhelden, dachte der alte Fritz, meine langen Kerls werden sich über ihn freuen. "Wie tief ist das Meer?"

"Sag die dritte Frage!" forderte der Müller und rieb sich das Kinn, Ich werde alle Fragen in eins beantworten. Nun habe ich ihn, frohlockte der Alte Fritz, denn die dritte Frage ist die schwerste. "Was denke ich?"

"Ich bin ein einfacher Mann", wich der Müller aus, "lass mich einen Augenblick nachdenken."

"Nichts leichter als das", äffte der König seinen Untertanen nach. "In einer Stunde bin ich zurück, dann muss er mir Rede und Antwort stehen."

Der König ritt davon. Fast wollte der Müller verzagen. Da sah er den Schäfer auf dem nahegelegenen Berg. Er hastete zu ihm und rief schon von weitem: "Schäfer Schäfer, ich bin in großer Not, so hilf mir!" Der Müller erzählte dem Schäfer was ihm widerfahren war. Der Schäfer rieb sich den Bart und sagte: "Nichts leichter als das! Gib mir Deine Kleider und warte hier auf mich." Sie tauschten die Kleider, der Müller setzte sich beruhigt zu den Schafen und der Schäfer schritt in den Kleidern des alten Müllers vor dessen Haus. Als der Alte Fritz kam, tat er, als wisse er von nichts.

"Nun?" fragte der König. "Hat er die Antworten auf meine Fragen?" "Oh", sagte der Schäfer, "ich habe sie vergessen. Du musst sie mir wiederholen." "Er ist mir ein rechter Teufelsbraten", sagte der Alte Fritz und wiederholte die erste Frage:

"Wie hoch ist der Himmel?" "Nichts leichter als das", sagte der Schäfer, "eine Tagesreise hoch, länger hat Jesus auch nicht für seine Himmelfahrt gebraucht."

"Er ist mir ja ein Schlauer", sagte der Alte Fritz, aber mit der zweiten Frage wird er mir nicht so leicht davon kommen:
"Wie tief ist das Meer." "Nichts leichter als das," sagte der Schäfer "einen Steinwurf tief."
Der Kerl hat Mutterwitz, dachte der Alte Fritz. Laut sagte er: "Aber die dritte Frage, die wird er nicht beantworten können und in Potsdam freuen sich die langen Kerls auf einen wie ihn."
"Also, was denke ich?" Der Schäfer senkte den Kopf, damit er seinem König nicht in die Augen sehen musste und sagte: "Du denkst, ich bin der Müller aber ich bin der Schäfer in dem Müller seine Kleider."
Das war dem Alten Fritz zu viel. Er gab seinem Pferd die Sporen, jagte davon und schimpfte halb wütend und halb belustigt vor sich hin. "Oh er Sakramenter, ist er noch einmal davon gekommen."

DER SCHLANGENKÖNIG

Ein fremder Graf war aus Italien in die Lausitz gekommen. Er erfuhr von den Leuten, dass es im Spreewald einen Schlangenkönig gäbe; der spiele mit den übrigen Schlangen oft auf der Waldwiese und lege dabei seine Krone an einer sonnigen Stelle ab. Der Graf war habgierig und beschloss, die Krone des Schlangenkönigs zu rauben. Er suchte daher bis er die Wiese gefunden hatte und beobachtete, wie die Schlange ihre Krone auf einen sauberen Fleck, am liebsten auf etwas

Weißes ablegte, um dann mit den übrigen zu spielen und sich in der Sonne zu tummeln. Eines schönen Tages ritt der Graf zu den Schlangen, breitete ein weißes Tuch auf der Wiese haus und versteckte sich hinter einem Strauch. Die Tiere kamen auch bald, und der Schlangenkönig legte seine Krone auf das Tuch. Dann spielten sie etwas abseits in der Sonne. Gerade das hatte der habsüchtige Graf erhofft. Schnell schlich er zu dem Tuch, erfasste es mitsamt der Krone, schwang sich aufs Pferd und ritt im Galopp davon. Im Nu jagte eine große Schar Schlangen hinter dem Dieb her. Erritt, soviel das Pferd hergab, übersprang eine hohe Mauer und entging den Verfolgern. Mit der Krone wurde der Graf reich und ließ sich ein Schloss bauen. Zum Wappenschild erwählte er eine Mauer und eine gekrönte Schlange

In früheren Zeiten gab es eine Unmenge Schlangen im Spreewald, so dass es für die Leute eine wahre Landplage war. Da kam eines Tages ein geheimnisvoller Wandersmann und sagte: »Ich will euch die Schlangen vertreiben aber nicht vor dem 1. Mai!«
Die Leute mussten auf sein Geheiß eine riesige Grube graben und ein Brett darüber legen. Als der 1. Mai gekommen war sagte er: »Aus allen Himmelsrichtungen werden die Schlangen samt ihren Königen kommen. Sobald ich mit der Zauberei beginne, werden sie sich auf mich stürzen. Kurz vorher aber fallen sie in die Grube. Wir wollen hoffen, dass ich bei diesem

gefährlichen Schauspiel nicht selbst mit den Schlangen hinab falle. Sollte das passieren, muss ich sterben. Werft dann ganz schnell Erde in die Grube, damit mich die Schlangen nicht zu sehr beißen! Der Mann trat auf das Brett und spielte eine wunderschöne Melodie auf seiner Flöte. Danach neigte er sich dreimal in alle Himmelsrichtungen und blies wieder auf der Flöte. Plötzlich konnte man ein seltsames Rauschen in der Luft hören. Aus allen Himmelsrichtungen kamen unzählige Schlangen herbei, voran die Schlangenkönige mit goldenen Kronen. Es war ein Glitzern und Funkeln in der Luft wie es die Menschen noch nie zu Gesicht bekommen hatten.

Die Schlangen schossen auf den Mann zu, verfehlten ihn -gottlob - und stürzten in die Grube. Eine aber kam ihm doch zu nahe. Er schrie auf und fiel in die wütend zischelnde Menge. Eilig liefen die Leute mit Schaufel und Spaten herbei und schütteten das Getier samt dem Manne mit Erde zu. Seiner „Befreiungstat" zu Ehren tragen die Häuser noch heute die gekreuzten Symbole der Schlangenkönige.

DIE SPREEQUELLSAGE

Wo heute die Spree entspringt, gab es vor Zeiten moosbedeckte Felsen und üppige Blumenwiesen. Hier war zugleich das Reich des Zwerges Gerbod. Viele kleine Elfen behüteten den Wasserreichtum des Kottmars und neckten Gerbod mit ihrem Gesang. Doch des Zwerges

Gelächter vertrieb die Elfen immer. Erbost warf Gerbod einen Speer (altdeutsch: Ger) mit Wucht nach Südwesten. Der bohrte sich in den Boden und brachte eine neue Quelle hervor, deren Bächlein sich schon bald mit der Spree vereinte. Unweit dieser Quelle baute man später den Ort "Gersdorf".

DIE STIFTUNG DES KLOSTERS HEILIGENGRABE

Im J. 1287 am Freitage nach Himmelfahrt begab es sich, daß ein Jude in dem Dorfe Techow zwischen Wittstock und Pritzwalk herbergte, und wie es nun Nacht ward und er meinte, daß günstige Zeit zu bösem Vornehmen sei, ging er hin zur Kirche des Dorfes, erbrach die Tür und stahl dort das heilige Sakrament. Darauf lief er eilends mit demselben davon nach Pritzwalk, um es einigen seiner dortigen Glaubensgenossen zu bringen, aber er war noch nicht weit fort, als er plötzlich, mit einer großen Schwere befallen wurde, daß er nicht früher kommen konnte, sondern unter einer Eiche (die noch heutigen Tages – 1516 – in dem Wege steht) ruhen mußte. Als er aber darnach wieder zu sich selbst kam, und nur kaum einen Steinwurf weiter gegangen war, kam er an einen See, an welchem ein Galgen stand; an dem hing ein Mann, und oberwärts davon war ein Rad, auf welches derselbe gestoßen und gelegt war; zwischen diesen beiden in der Mitte machte der Jude eine Hölung, rieb das heilige Sakrament in Stücke, legte es da hinein und schüttete es darauf mit Erde zu. Drauf lief er in großer Furcht und mit blutigen Händen nach Pritzwalk. Als nun die Leute andern Tages zur Kirche kamen und alles erschauten, auch erfuhren, daß in der vergangenen Nacht ein Jude im Kruge geherbergt hatte, der mit blutigen Händen nach Pritzwalk geflohen sei; da säumten sie nicht lange, sondern liefen und folgten ihm eilends in großem Zorne, so lange, daß sie ihn fanden zu Pritzwalk mit andern Juden sitzend und Sprache haltend. Da fragten ihn die Bauern und baten ihn, die Geschichte zu offenbaren und bekennen, aber sie vermochten ihn nicht dazu zu bringen. Da gingen sie zu Rate und waren alle eines Sinnes, den Missetäter mit Fleiß zu erforschen; und es war ein Bürger da, andächtigen guten Lebens, der versprach ihnen, daß er sich wolle eine Platte scheeren lassen und ganz zubereiten als ein Priester, um so die Wahrheit an den Tag zu bringen. Der kam nun dem Juden mit süßen Worten an »un bath em, doch (l. dorch) den oversten Gott, de loef unde Graß geschapen hedde, ock dorch leve der Oltvädere des Jödesken Volcks, dat he emme doch mochte de Warheit seggen, denn he möchte dat ane allen forchten dhoen, he seghe jo woll, dat hee ehn Preester were, de jümmers dat jene, wat in de Bycht gesegt, by Straffe lives unde Godes vermöge der Geestliken Rechte nich melden moste. De Jöde wart dorch de söten Worde des falschen Preesters beweget, unde gyngk mit em an den Ort, dar he dat hillige Sakrament begraben hädde, doch wolde he em dat nich met synen Vynghern edder hövede wysen, edder süß etliken maten antögen, sondern met synen luchtern Vothe flott he darupp unde sprak: ›Hie ligt jouwe God!‹«da kamen die Bauern, die sich im Busche verborgen hatten, griffen ihn an, er ward ins Gefängniß geführt und mußte den Tod durchs Rad erleiden. Darauf wurden die größeren Stücke des zerriebenen heiligen Sakraments vom Blute rothgefärbt in einem Federkiele aufbewahrt, die kleinsten aber wickelte man in ein rothes seidenes Tuch. So kam es zuerst nach Pritzwalk, wohin es der dortige Kirchherr, Namens Werner, mit Gewalt entführte, aber es that dort keine Wunder, sondern allein zu Techow. Nicht lange danach kam auch Bischof Heinrich von Havelberg, der von diesem Wunder hörte, nach Pritzwalk; da er nun nicht allzu viel an die neue Mähr glaubte, ward er hier plötzlich mit schwerer und großer Krankheit befallen, weshalb er gelobte, das heilige Sakrament zu besuchen und von Stund an gesund ward. Als er nun aber auch dem Volk, das ungefährlich da war, die Mirakel von dem Predigtstuhl verkündigen wollte, so ward ihm vom Himmel gezeiget die Heiligkeit der Stätte, denn oberhalb des Grabes sah er den Himmel offen, wodurch er mit so vielen innigen Thränen begossen ward, daß er kein Wort sprechen konnte, sondern seinem Kapellan befahl alles, was ihm begegnet sei, dem Volk zu offenbaren. Darauf gebot er dem Werner von Pritzwalk das Sakrament nicht länger zu behalten, sondern es an seinen alten Ort zurückzubringen, was auch geschah. Als der Markgraf Otto von Brandenburg von diesen Wundern hörte, war er Willens, indem ihm seine Hofleute und Ritter dazu riethen, ein Schloß an derselben Stelle zu bauen; er kam daher in die dortige Gegend und befahl seinen Dienern, die ihm seinen Tisch zu besorgen pflegten, all die Opfer, welche sie dort fänden, zu nehmen und davon eine gute Mahlzeit zu bereiten in einem Dorfe, Namens Mankmus. Aber als er sich zu Tische setzte, geschah es, daß alle Speise so gesotten als gebraten zu Blut ward, und als zum zweiten Male angerichtet wurde, geschah es ebenso. Da erschrak der fromme Fürst gar sehr, fiel mit den Seinen auf die Knie und betete zum Allmächtigen um Gnade; darauf gelobte er bei seiner Treue, so ihm der Allmächtige gesund von dannen hülfe, wollte er selbst die Stätte mit Innigkeit besuchen und daselbst ein Kloster bauen. Als er nun mit großer Angst in einer Nacht betrachtete, wie er das Kloster bauen wollte, so kam eine Stimme vom Himmel die sagte, daß er sich unnütz bekümmere, denn es wäre von Anbeginn der Welt geordnet und ausersehen, daß ein Jungfrauen-Kloster an dem Orte stehen sollte, Cistercienser-Ordens, mit grauen Kappen gekleidet, wie Sankt Bernhard getragen hatte, unter der Regel S. Benedicti. Als nun der Fürst durch solche Verkündigung an die Stiftung des Klosters erinnert ward, so bat er die Aebtissin zu Neuendorf, daß sie ihm zwölf Jungfrauen aus ihrem Kloster schicken wolle, und wiewohl sie dies selbe dem Fürsten nicht weigern wollte oder mochte, so gedachte sie ihm doch zwölf der allerunnützesten zu schicken, weshalb sie in der folgenden Nacht gar schwerlich durch göttliches Geschick gestrafet ward, wodurch sie denn beweget wurde, daß sie selbst mit elf Jungfrauen an den Ort zog, und dem allwältigen Gott daselbst mit ihren innigen Gebeten und Werken die Tage ihres Lebens diente. – So entstand das Kloster zum heiligen Grabe bei dem Dorfe Techow, und das blutige heilige Sakrament in einem Krystall und feinem Tuche ist noch bis auf die Zeit Kurfürst Joachims des Ersten viele Jahre lang durch großen Zulauf vieler Pilger geehrt worden und hat große Wundertaten verrichtet.

DAS GRAB DES RIESENKÖNIGS BEI KEMNITZ

Etwa eine halbe Meile von Pritzwalk liegt das Dorf Kemnitz, dessen Feldmark mit großen Steinmassen bedeckt ist, die zum Teil in größeren oder kleineren Hügeln zusammengetragen sind, aber so regelmäßig, daß unten die großen, oben die kleineren Steine liegen. Einer dieser Hügel ragt vor den andern weit hervor, denn er ist wohl über 20 Fuß hoch und hat 120 Schritt im Umkreis; auch besteht er durchweg aus Feldsteinen, zwischen denen sich nur wenig Erde angesetzt hat. Man erzählt, unter ihm sei der Riesenkönig begraben, und seine Gebeine ruhten in einem goldenen Sarge, den ein silberner und eiserner umschlössen. Doch hats mit dem letztern nicht ganz seine Richtigkeit, denn die Kemnitzer, die besonders gern den silbernen und goldenen Sarg haben möchten, haben vor einigen Jahren drei Tage lang die Steine hinweggeräumt, aber nur einige thönerne Urnen mit Asche und verbrannten Knochen gefunden.

DER NAME VON PRITZWALK

Vor Alters war da, wo jetzt die Stadt Pritzwalk liegt, ein großer Wald, bis endlich einmal mehrere Handwerker und Landleute, zur Zeit, als in hiesiger Gegend noch Wenden wohnten, Lust bekamen, sich hier niederzulassen. Wie sie nun den Anfang damit machen wollten, die Bäume auszuroden, da fanden sie einen Wolf unter einer Linde liegen, den schrieen sie an: »Priz wolk oder Prizfouk!« das heißt zu deutsch »fort Wolf!« Und wie sie nun bald darauf die Stadt an diesem Orte erbauten, da nannten sie dieselbe Prizwalk, und diesen Namen hat sie bis heute behalten. Zum Andenken hat man auch einen Wolf, der unter einer Linde fortflieht, ins Stadtwappen gesetzt.

HEINE CLEMEN

Vor langen Jahren hatte die Stadt Pritzwalk oftmals Fehden mit Heine Clemen, der von ungeheurer Stärke war, und das große Schwert, was noch heutzutage zur Erinnerung an ihn auf dem Rathhause der Stadt bewahrt wird, leicht wie einen hölzernen Stecken schwang. Er hatte seine Höhle an einem Orte im Heinholze, der noch heut die Clemenskuhle genannt wird, jedoch blieb das lange Zeit verborgen und keinem Menschen bekannt. Da raubte er auch einmal ein Mädchen aus Pritzwalk, schleppte das mit sich, ließ es jedoch endlich wieder los, nachdem es ihm einen furchtbaren Eid geschworen, seinen Aufenthalt keinem Menschen zu verraten. Als nun das Mädchen in die Stadt zurückkehrte, bemühte man sich vielfältig, von ihr zu erfahren, wo der Schlupfwinkel des Räubers sei, aber man war nicht im Stande, sie in ihrem Eide wankend zu machen; doch beredete man sie endlich, alles einem Ofen zu offenbaren, denn der sei ja kein Mensch und sie dadurch ihrem Eide nicht untreu; das tat sie nun, in dem Ofen verbargen sich einige Leute, welche alles mit anhörten, und so bemächtigte man sich denn des Räubers, der nach Pritzwalk gebracht und dort auf öffentlichem Markte hingerichtet wurde.

DER STEINERNE STUHL

Das alte Schloß zu Eldenburg, welches nahe an der Mecklenburger Grenze liegt, soll vordem ein Raubschloß gewesen sein, auf welchem die Quitzows gehaus't haben. In einem alten verfallenen Turme desselben zeigt man noch einen steinernen Stuhl, der ist vorn mit einer quer liegenden Eisenstange verschlossen, und ober- und unterhalb desselben befinden sich eiserne

Ringe, so daß, wenn ein Mensch auf diesem Stuhle angeschlossen worden, er nicht ein Glied seines Leibes hat rühren können. Auf diesem Stuhle soll einer der Quitzows seinen Bruder haben verhungern lassen.

DIE WENDENSCHLACHT BEI LENZEN

An vielen Orten der Umgegend von Lenzen und in der Stadt selber erzählt man sich von einer großen Schlacht mit den Wenden, die einst hier stattgefunden. Die einen sagen, das Schlachtfeld sei auf dem Marienberge vor Lenzen gewesen, andere, es sei bei Mohr, bei Seedorf und endlich auch bei Möllen gewesen, wo sich überall noch die Spuren des vergossenen Blutes am Boden zeigen, der davon ganz roth gefärbt ist. An allen diesen Orten lassen sich auch noch oft die Geister der Erschlagenen sehen und spuken dort kopflos umher, oder tragen ihre Köpfe unter dem Arme. Bei Seedorf insbesondre wird erzählt, daß eine von der Löcknitz gebildete Breite, welche der Wennensee heißt, davon ihren Namen habe, daß einstmals ein ganzes Wendenheer darin seinen Untergang fand.

FRAU GODE

In der ganzen Prignitz erzählt man, es sei einmal eine Edelfrau gewesen, die habe Frau Gode geheißen, die sei, da sie gar böse mit ihren

Mägden umgegangen, verwünscht worden, ewig durch die Luft zu jagen. Namentlich zieht sie in den Zwölften dahin, und da hat sie auch einmal eine Frau eines Sylvesterabends gehört. Sie ging noch spät des Abends aus dem Hause, und der Mond schien grade recht hell, da hört sie auf einmal ein Lärmen und Gebrause, als wenn eine ganze Jagd daher käme, das kam immer näher und näher, so daß sie zuletzt sogar die Schellen der kleinen Hunde in dem Getöse unterscheiden konnte, aber sehen konnte sie gleichwohl nichts, obgleich es fast so hell wie am Tage war.

DIE ALTE STADT WITTENBERGE

Die Stadt Wittenberge hat ehmals nicht an ihrer jetzigen Stelle gelegen, sondern an einem Orte in der Nähe derselben, der jetzt ein beackertes Feld ist und den Namen der alten Stadt trägt. Man sieht dort auch noch Gräben und Wälle und einen hohen Hügel, mit einem besondern Graben umgeben; auf diesem soll das Schloß der Stadt gestanden haben, und es werden dort auch noch Mauersteine, Urnen und dergleichen mehr gefunden. Auch soll dort noch ein Keller, der aber ganz verfallen ist, vorhanden sein. Man erzählt, hier ließen sich oft Gespenster sehen und hören, und sagt, vor langen Jahren hätte ein Fräulein dieses Orts, deren Namen man jedoch nicht kennt, sich an einen Vornehmen von Adel versprochen, und dieser sich darauf in den Krieg begeben, um sich noch weiter zu versuchen, und hernach, sobald es die Zeit würde leiden wollen, die versprochene Ehe zu vollziehen. Nicht lange hernach aber hätte sie den Ritter aus den Gedanken gesetzet und einem andern vornehmen Herrn die Ehe zugesagt, sich auch wirklich bald darauf mit ihm verbunden. Als das der erste Bräutigam erfahren, hat er Stadt und Burg mit Heeresmacht angegriffen und erobert und darauf beide zerstöret; dadurch sind denn die Einwohner veranlaßt worden, sich einen andern in der Nähe gelegenen bequemen Platz aufzusuchen, um daselbst eine neue Stadt anzulegen, und so ist denn das jetzige Wittenberge entstanden.

DER HILDEBRAND BEI WITTENBERGE

Nahe bei der Stadt Wittenberge waren vor Zeiten noch zwei freiherrliche Häuser auf zwei besondern Bergen befindlich, welche man die freiherrlichen Häuser oder die Freieburg nannte. Bei dem einen derselben war noch ein Gefängnis, der Hildebrand genannt, von einem Fährmann des Namens, welcher oft darin in Haft gewesen, auch zuletzt darin gestorben. Nachher ist ein Haus darauf gebaut, in welchem aber der Hildebrand noch immer gewaltig herumtoben und lärmen soll.

DIE NIXEN BEI HAVELBERG

Bei der Fähre, die oberhalb der Stadt Havelberg befindlich ist, zeigen sich gewöhnlich allerhand wunderbare Zeichen, wenn jemand ertrinken soll; bald scheint es, als schlage ein großer Fisch auf, und doch ist keiner zu sehen, bald als ob man einen Menschen höre, oft lacht es auch ordentlich im Wasser, oder es läßt sich ein heller Schimmer darin sehen, und das sind die Nixen, die da umherschwimmen. Einige erzählen auch, daß diese zuweilen singend neben der Fähre einherziehn, aber dann ertrinkt auch in ganz kurzer Zeit jemand.

DIE ZWÖLF APOSTEL IM HAVELBERGER DOM

Aus einem der Kreuzgänge des Doms zu Havelberg führt, wie man erzählt, ein unterirdischer Gang bis nach dem durch sein Wunderblut bekannten Städtchen Wilsnack, doch ist nun schon seit langen Jahren niemand darin gewesen. In früheren Zeiten hat man geglaubt, es lägen Schätze da unten, und hat mehrmals Verbrecher hinabgeschickt, den Gang zu untersuchen, aber alle sind darin umgekommen. Nur einer ist zurückgekehrt, der hat berichtet, daß dort unten die Bildsäulen der zwölf Apostel aus purem Golde lägen, ob sie aber noch da sind, weiß ich nicht.

An der Nordseite des Doms zu Havelberg befindet sich in der Nähe des Hochaltares ein enger Turm, in dem eine Wendeltreppe hinaufgeht, auf welcher man unter das Kirchendach und von da in die sogenannte

Mönchstube kommt, welche bei feindlichen Ueberfällen die letzte Zuflucht der Mönche gewesen sein soll. Oben im Turm befindet sich grade über der Treppe ein großer Mühlstein mit einem tüchtigen Loche in der Mitte. Durch dies sollen die frommen Brüder, wenn sie in der äußersten Not waren, ihren Vorrat von großen Feldsteinen, der zu diesem Zweck immer bereit lag, auf die heraufstürmenden Feinde herabgewälzt und sie so vertrieben haben.

BISCHOF WEPELITZ

In der Mitte des Havelberger Doms sieht man einen marmornen Sarkophag und auf demselben die Gestalt eines Bischofs, zu dessen Füßen eine zusammengekauerte Tiergestalt liegt. Man erzählt, dieser Bischof sei der bekannte Wepelitz oder Wopelisse gewesen, der gar viel für die Verschönerung der Stadt und des Doms getan habe, auch besonders den Hochaltar mit den zwei Leuchtern geschmückt habe, an deren jedem sich zwei Figuren befinden, und zwar sind es zwei männliche und zwei weibliche; jene beiden sollen die seines Kochs und Kellermeisters, diese die seiner beiden liebsten Hofdamen (!) sein. Dieser Bischof hat auch das Vorwerk Wepelitz angelegt und sich gern dort aufgehalten; da geschah es einst, daß er sich zum Schlummer im dortigen Gebüsch hinlegte, als plötzlich ein Lindwurm daherstürzte, und ihn in den Kopf stach, worauf er seinen Geist aufgeben mußte. Dieses Ungetüm hat man daher an dem Bilde im

Dom zu seinen Füßen abgebildet, und an seinem Kopfe gewahrt man auch das von dem Stiche des Tieres herrürende Loch.

Bischof Wepelitz soll auch die nach dem Vorwerk seines Namens führende Eichenallee angelegt haben, welche den Namen der Brautallee führt. Diesen soll sie daher haben, daß er verordnete, jede Braut solle, ehe sie zum Altare ginge, dort eine Eiche pflanzen.

KURT VON BASSEWITZ

Die Stadt Kyritz hat vor alten Zeiten vielfache Fehden mit den Rittern der benachbarten Lande gehabt, und so geschah es auch einmal, daß sie mit dem Mecklenburgischen Ritter Kurt von Bassewitz in Streit lag, der im J. 1411 heranzog und sie hart belagerte. Die Kyritzer verteidigten sich aber tapfer, und so konnte er ihnen nichts anhaben, weshalb er sann, wie er die Stadt mit List nähme. Er ließ deshalb einen unterirdischen Gang graben, durch welchen er in die Stadt eindringen wollte. Nun geschah es aber, daß die Kyritzer damals einen schweren Verbrecher im Turm sitzen hatten, der hörte das Wühlen und Klopfen unter der Erde, und da er von der Belagerung wußte, ließ er dem Bürgermeister melden, daß er ihm wichtige Entdeckungen machen wolle, wenn man ihm das Leben schenke. Das ward ihm zugestanden, und nun erzählte er, was er gehört hatte. Nun verfolgte man den Gang der unterirdischen Arbeit, ließ die ganze Bürgerschaft sich bereit halten, und nicht lange währte es, so kam Bassewitz plötzlich auf dem Markte aus der Erde hervor. Nach einigen soll er hier durch heißen Brei, den man ihm auf den Kopf stürzte, wehrlos gemacht sein, nach andern nach hartem Kampfe gefangen und nachher mit seinem eigenen Schwerte enthauptet worden sein. Das Schwert nebst dem Panzer des Ritters wird noch auf dem Rathhause aufbewahrt; zum Andenken an die Befreiung der Stadt aus dieser Not feiert man aber noch alljährlich das Bassewitzfest mit zweimaligem Gottesdienst und Gabenverteilung unter die Armen und Schulkinder. Bei dieser Gelegenheit war es früher Sitte, daß der Bürgermeister mit einem Messer einen Schnitt in das Kriegskleid des Ritters tun mußte, weshalb von diesem fast nichts mehr übrig geblieben ist.

ENDE

Herstellung und Verlag:
BoD - Books on Demand, Norderstedt
ISBN 978-3-7347-3400-7